谷　愛里

（たに　あいり）

演劇部の役者担当であり、
公也と同級生。
少し優柔不断なところもあるが、
役者になる夢に向かって日々努力を
怠らない頑張り屋さん。

芽

篠田　美鈴

（しのだ　みすず）

演劇部の舞台担当であり、
役者もする高校三年生。
恋多き乙女だが告白する勇気までは
出せず、校内で噂の公也のことを
ひそかに尊敬している。

――もしかしたら、大井戸はようやく
心の底から好きな女性に向けて、
『告白』が出来るのかもしれない。

ダッシュエックス文庫

冴えない男子高校生にモテ期がやってきた

～今日はじめて、僕は恋に落ちました～

常世田健人

第一章　モテ期を求めて三千里

「しゅ、しゅきです！　ぼ、僕と、付き合ってくだしゃい！」

月曜日の午後四時十五分。

とある男子高校生が下駄箱前にて告白をした。

サ行をうまく言えない呪いにでもかかっていたのかと言わんばかりに噛みまくっていたが、なんとか想いを伝えた。

平凡な背格好をしていて、寝癖（ねぐせ）がついているボサボサ頭が印象的な男子である。顔のつくりも平凡そのものであり、モテそうというにはほど遠い、そんな人物であった。

対して告白をされた女子高校生は、小動物的な愛らしさを備えたとても可愛らしい外見をしている。

突然の告白を受けて頰を朱（あか）く染め、小さな背中とポニーテールが下駄箱に押し付けられていた。出来るだけ男子高校生から離れようとしている心境が手に取るようにわかる。

それもそのはずだった。

二人の周りには、その他大勢の生徒がいた。

　下校しようとする全員が全員『またこいつか』という表情をし、そのまま素通りしていく。

　野次馬根性なんてものが湧くはずもない——それほどまでによくある光景だった。

「……柏木さん？」

　距離を取られた挙句、呆気にとられた表情しかしてくれない女生徒の様子を不思議に思い——男子高校生が慌てて発言を続ける。

「そ、そうだよね、声小さかったもんね！　そりゃ聞こえなかったよね！　じゃあもう一回言うね！　柏木さん、僕はあなたのことが」

「き、聞こえてる！　聞こえてるから言わなくていいよ！」

　女生徒が必死に叫ぶ。

「あ、ほんと！　よかったぁ……」

　男子生徒は安堵し、緊張感が包む中、返事を待つ。

「……えっと、ね。言う、ね」

　はっきりとした物言いを男子生徒がするのとは対照的に、女生徒はおずおずと発言する。

　女生徒が意を決したような表情になるのを確認しつつ、男子生徒は勢いよく、「お願いします！」と叫んだ。

　それを聞いた女生徒は——勢いで言葉を紡いだ。

「ごめんなさい！」

「……そっか」

それまで期待感をわずかながら持ち合わせていた男子生徒の顔が沈んだ。がっくりと項垂れる。

ああ、そうか。

また駄目だったか。

「大井戸君のこと嫌いって訳じゃないからね！　でも掃除の時間くらいしか喋ったことないし……これからは友達として仲良くさせて！　じゃ、私行くね、ごめんね！」

天井を仰いでいる男子生徒を見て、女生徒は取り繕うようにこう発言し、一目散に去っていった。

「いやいや、こちらこそごめんね。ありがとう」

泣きそうになりながらもなんとか言い切り、男子生徒は女生徒の後ろ姿を茫然と見送る。

今日こそはと思っていた――

今日こそは告白に成功し、彼女が出来るのではないか――

そう、思っていた。

柏木加奈とは同じクラスで、尚且つ掃除当番が一緒だった。喋ったことは数回ある。その度に笑顔を振りまいてくれて、もしかしたら柏木さんなら自分を受け入れてくれるのではないかと思っていた。

それでも、やはり、駄目だった。

「おい。もしかしてまたか、大井戸」

下駄箱の前で茫然としている男子——大井戸に声をかけてきたのは、白衣のポケットに両手を入れながら下駄箱の前を通り過ぎようとしていた妙齢の女性であった。

長い黒髪は艶めいており、先ほどの女生徒とは違って色気を兼ね備えている高身長な女性である。それにもかかわらず化粧っ気があまりなく、茶色のサンダルを履いているというアンバランスこの上ない女性であった。

そんな女性が、持ち前の吊り目を大井戸に向けている。

「……新浪先生……こんにちは」

「こんにちは。で、どうなんだ。またか」

「……また、です」

「……ったく。ほんとによう……何度言えばわかるんだよ！」

真顔で反応する大井戸に対し、新浪は、下駄箱前にも構わず激昂した。

「これで何度目だお前！　今すぐ職員室に来い！」

「え。友達を待たせてるんですけど……」

「五分で終わらせてやるよ！　黙ってついて来い！」

「はちゃめちゃすぎですよ。だから授業中怖がられるんですよ」

「何か言ったか」

「いえ、何も！」

自分が何を言っても無視して職員室に連れていくだろうなと観念した大井戸は、苛立ちを一切隠さない新浪の後ろをついていった。

　職員室にたどり着きドアを勢いよく開け、ずかずかと大股で入っていく新浪の後ろに隠れながら「失礼します」と呟いた。

　新浪は窓際の席の椅子に座ると、直立する大井戸に向けて大きなため息を吐く。

「とりあえず確認するぞ。今日は誰に告白したんだ」

「いや、あの、ちょっとそういうこと言うの恥ずかしいんですけど、えへへ」

「あぁ？」

「柏木加奈さんです！」

　ドスをきかせた声を向けられ大井戸は思わず背筋をピンとしてしまう。

「あー、柏木か。確かに可愛いもんな。密かに好きな男子は多いぞ」

「その中の一人が僕だったという訳ですね、はい」

「バカ野郎、全然ちがうだろ」

　新浪は再度大きなため息を吐く。

「好きになるなら密かになってろ。告白するなら、告白しても大丈夫な時期に告白をしろ」

「で、ですから、今日、僕は告白したんです！　何回か喋りましたし、その度に柏木さんは笑顔を僕に見せてくれました。可愛い笑顔――それを見て幸せになる僕――そんな僕を見た後に掃除を再開する柏木さん――その姿を見てまた幸せになる僕……。これで告白しないだろうか、いやする！」

「その程度だったらどちらにせよしねぇよ」

「間髪容れずに僕の発言を否定しないでくださいよ！　……ああそっか、先生は理科の担当ですから古文はわかりませんよね。反語の意味、わからなかったんですよね？　どうもすいませんでした、ははっ」

「明日もっかい職員室来い。そん時しめあげてやる」

「生意気言ってすみませんでした！」

「ああもう畜生、話が脱線してきた。私が言いたいことはこういうことじゃないんだっての」

息を軽く一つ吐いて、新浪は話を続けようとする。

「お前さ、何で告白が出来るわけ？」

「え？　や、やっぱり、好きになったからですかね……好きになったら、止まれないですよね」

「もじもじすんな気持ち悪い」

「気持ち悪いとはなんですか気持ち悪いとは！」

「いや、もうな、ほんとお前どうしようもないよ。はっきり言う。どうしようもない」

「教師が生徒に向けて言う言葉じゃないでしょそれ……」

「だってよう、本当にどうしようもないんだもんよ」

悲しそうな表情を見せる大井戸に向けてこのように言う新浪の表情は、疲れと呆れを混ぜ合わせたようなものだった。そんな顔をしながら、大井戸に物申している。

「別によう、告白すること自体は悪くないんだ。好きな相手に想いを伝える。素晴らしいじゃあねえか。告白される方からしても、告白されて恥ずかしくなることはあっても嫌な気持ちになるなんてことはほとんどない。恋慕の情を向けられるってことはそれ即ち誰かから自分のことを全肯定されたってこととほぼ同義だ。そんなこと言われて嫌になる奴はいねえわな。だから告白しろ。どんどん告白しろ。私もしたい」

「そうですよね！　じゃあ僕は間違ってな――」

「百年くらい昔なら、な」

「ひゃ、百年……？」

「今は違うだろうが」

新浪は、真っ直ぐに大井戸の顔を見てゆっくりと言葉を紡ぐ。

「今、お前は『モテ期』か？」

「……いえ、違います」

新浪の発言に、大井戸は一瞬で縮こまってしまう。

ぐうの音も出ない。

その発言がくるのはわかっていた。今現在大井戸は『モテ期』ではない。けれども大井戸は好きな女子――柏木加奈に告白をしたのだった。

だがそれは勇気ある行動ではなく、ただ単純に蛮勇をふるい玉砕することが分かり切っていた行動でしかなかった。

「つまりは意味のない行動だ。そのことを何度言ったらわかってくれるんだ」

真剣な表情で大井戸を見つめ、新浪は発言を続ける。

「少子高齢化社会に歯止めをかけるために科学者さん方が必死に作りだした薬。お前も小さい頃飲んだんだろ？」

「はい、飲みました」

「私も飲んだ。老若男女例外なく皆、離乳食を卒業した直後に飲むんだ。自分の意中の人物も含めて自分を好きになってくれる時期――通称『モテ期』が来た瞬間と、そこからどれくらいの期間モテ期が続くのかがわかるようになる薬。この薬の画期的なところはどこか言ってみろ」

「……ほぼ一〇〇パーセント恋愛を成就できる期間に恋愛が出来るところ、ですか」

「違う。告白してもほとんどフラれない期間を知ることが出来るところだ」

新浪の顔を見ることが出来ない。

この説教を受けるのは三度目であり、とどのつまり新浪が担任するクラスに入ってから三回、大井戸はクラスの女の子に告白しているのである。

そして、一〇〇パーセントの確率で、ふられている。

その度に新浪は、この説教を繰り返している。

「お前、今まで『モテ期』が来たことないんだろ？」

「……はい」

「だったらそれまで待てよ。『モテ期』はすごいぞ」

そう言うと新浪は腕を組み、静かに目を閉じる。昔の栄光に思いをはせているのだろう。その姿を見て大井戸は、ああまたこの人は同じ話をしようとしていると若干辟易してしまう。

「あれは私が高校一年生の頃だ。それまで私は全くモテなくてな。中学卒業の時には無我夢中で当時好きだった男子に告白したこともあったが、やはり駄目だった。恋愛はとりあえず諦めるかってことで必死になって勉強してわりかし良い高校に入ったんだ。昔は合コンっていうのもあったらしいんだが今じゃもう死語だろ？　異性にがっつく風潮なんてのは廃れちまってるからな」

「はあ、まあ」

「ってな訳で私は部活動やバイトにあけくれていた。そんな日常があっという間に過ぎ去って半年が経って、二学期が始まった朝よ。『モテ期』は突然やって来た。頭の中にピーっていう機械音が流れた後、『新浪亜希子様。貴女は只今よりモテ期に入りました。期間は一カ月です。将来のパートナーを見つけるチャンスです。頑張りましょう』っていう女性の声が聞こえてきたんだ。その後はもうモテまくりだ。告白したらほぼ間違いなくオーケーしてくれる。同じ時期に『モテ期』の奴を好きな場合は成就するか微妙なところはあるが、それ以外の奴とは一〇〇パーセントで付き合えるんだ。どうだ、最高だろ？」

「…………」

一気にまくしたてられて、大井戸は唇をかみしめ思わず握り拳に力を込めていた。満足気に頷きながら話をしていた新浪を見ることが出来ない。

　新浪の説教は一言一句全て正しい。

　最低でも『モテ期』に入ってから告白をしなければ意味がないのはわかっている。

「で、でも、新浪先生。もし、ですよ。もし、高校生の時にモテ期が来なかったらどうなるんですか？」

　意を決して――新浪に尋ねた。

「どういう意味だ？」

　真剣な表情に戻り、新浪は真摯に話を聞こうとする。

「僕は今、高校二年生です。あと一カ月後には夏休みが始まってしまいます。そうしたら高校生活は折り返しです。いえ、受験期に恋愛に明け暮れたら僕の場合勉強に手が付かなくなるでしょうつまり受験に落ちますつまり来年は恋愛に現を抜かすことができませんつまりあと半年くらいしか猶予が残っていない！」

「確かに、大井戸はそんなに成績が良い訳でもないしな。平の凡だ。恋愛なんていうエネルギーを使うことに時間割いていたら人生設計終了のお知らせだ」

「だからもう時間がないんです。高校卒業までに彼女を作れる期間が、一年もないんですよ！」

　大井戸は新浪の顔を見て大声で叫ぶ。

　それは彼がずっと思ってきたことで、彼が焦る唯一の理由であった。

「高校卒業までに彼女が出来たこともないって、それってどうなんですか。キ、キスもしたことがない大学生ってどうなんですか。ありなんですか、なしなんですか。どちらかといえばなしでしょう！」

「そんなことはないだろ。『モテ期』がわかるようになった世の中でも、高校卒業までに誰かと付き合える奴はそんなにいないぞ。現に社会に出てからようやく一回目の『モテ期』が来たって例もあるしな。モテ期は人生で三回来るってのは紛うかたなき事実だ。焦るな。待って、きちんと結果を残せ」

「三回。『モテ期』は三回。ははっ」

「……どうした？　何が言いたい」

自嘲気味に笑う大井戸に向けて新浪は怪訝な表情を向ける。大井戸はどちらかといえば暗い性格ではあるが、休み時間にはいつも友人と喋る男子である。大井戸の隣の席に座る、サッカー部のエース・田宮雄一とは特に仲が良いようで、学校生活を送るのに人間関係面で支障はなさそうな印象であった。

　そんな大井戸のここまで卑屈な表情を、新浪は知らない。

「言いたいことがあったら言ってみろ」

「……友達にも家族にも言ったことがないんで、言いません。すみません、思わせぶりなこと言って。忘れてください」

「友達でも家族でもない話し相手の代表例が教師だろうが。どうせ高校を卒業したらそんなに会うこともなくなる相手なんだ。秘密を共有しても誰にばらすでもない。利用出来るもんは利用しとけよ。それともあれか、私じゃ不満か？」
「いやいや、新浪先生は良い先生ですよ！　少しの遅刻なら見逃してくれるし下校直前までき
っちり補習に付き合ってくれますし、風邪で三日間休んだ後教室に行ったら『もう風邪大丈夫
か？』って心配そうに聞いてくれましたし！」
「あ、うん、やめてくれ。なんか恥ずかしくなってきた」
「新浪先生の残念なところなんて、家で毎日お酒を飲みまくってるところです！」
「そこはほっとけよお前」
照れていた表情から一変、目尻をつりあげて大井戸を見る。それは見る者全てをおののかせ
る目であった。例外なく大井戸もおののき、「す、すみません……」と呟く。
「はぁ。ま、いいだろ。とにもかくにもよ、言ってみろ。誰かに言うだけでもため込んだもん
消化できるって言うぞ」
「…………」
新浪の言葉を受けて、ため込んでいた感情と向き合う。
誰にも相談したことがない内容だ。家族には恥ずかしくて喋れない。友人を信用していない
という訳ではないが、友人——特に仲が良いサッカー部エース田宮雄一に話してもどうしよう
もない内容だった。
これを相談できるのは、確かに、新浪先生しかいないかもしれない。
「……高校生のうちに、誰かと付き合いたいんですよ」

大井戸は、ゆっくりと口を開いていた。

「周りの皆が誰かと付き合っているのが羨ましいんです。妬ましいんです。可愛い女の子と一緒に登校したり一緒に下校するのを見て、男子じゃなく女子と一緒に登下校したいって思うんです。駅の構内でイチャイチャしているのを見て僕もああいうことがしたいなあって思うんです。休日に仲が良い男子数名とカラオケに行ったその隣の部屋で制服を着たカップルがカラオケを楽しんでいるのを見ていいなあって素直に思うんです。その挙句に！　キ、キスとかする二人を見て！　いいなあいいなあって！　そう思うんです！」

全力で叫び、ゼェハァと息切れを起こしつつも再度叫ばんとする。心の底からの叫びであった。周りの奴らは男女でイチャイチャしているのになぜ自分はイチャイチャできないのか。この違いは何なのか。この違いが、何によって生まれるのか。

「『モテ期』ぃ？　ははっ、そんなのあるんならとっとと来てくださいよ！　四十五十のおじさんになってから来てもらっても困るんですよ。青春真っ盛り、高校生！　ここで来なきゃ何の意味があるってんですか！」

「大学生でも青春って言えると思うぞ。大学院をもし含めるならば約六年猶予がある。この長期間ならどうだ、モテ期が来るんじゃないか」

「確証がないんですよ待っていたら青春が終わっちゃうんですよ！　だから僕は告白をするんです。『モテ期』じゃないのなら女子の方から僕に告白はしてきません。外見から運動能力勉学にかけて何から何まで平の凡って自覚はさすがにありますよ。何もないんですよ、女子から好かれる要素が！　そう、だからこそ！　自分から動かないと、何も始まらないんです！」

「………」

大井戸の叫びを聞き、新浪は無言で彼を見つめた。

それを見て、大井戸は「どうです。返す言葉もないでしょう」と新浪に言ってやった。これまで告白する度に説教をされてきた。『モテ期』が来ていないにもかかわらず告白することに対して散々説教をされてきた。

けれど本質はそこではない。

なぜ自分が『モテ期』でもないのに告白をするのか。

それには切実な願望があるということを、ようやく新浪に言ってのけた。言ってのけてしまった、という表現の方が正しいのかもしれない。今まで話半分に聞いていた説教に対して真っ向から反抗してしまったのだ。

大井戸は平平凡凡な学校生活を送っている。

明確な敵がいない極めて平和な学校生活だ。幸いにも大井戸が通う学校には誰かが不登校になったりPTA会議が開かれるほどのいじめは発生しておらず、もしあったとしても大井戸はそのいじめの渦中（かちゅう）にいないからわからない。それが果たして良いことなのか悪いことなのかはわからないが、とにもかくにも大井戸を敵視する者は学校にはいなかった。

それは荒波立てるような言動をしていないという意味であり、誰彼問わず不満を言わず自分にとって不都合なことがあっても決して表には出さなかったからであり――

こうして、誰かに向けて真っ向から主張を叫ぶなんてことは、しなかった。

叫んでいる最中は気持ちよかったが、叫んだあとは気持ち悪い。

新浪の沈黙が、チクチクと全身を苛んでいく。

真剣な眼差しが自身を貫く中、思わず「す、すみません……」と謝罪の言葉を呟いた。

「何がすみませんなんだ？　お前は何も悪くないだろ」

そう言うとニコリと笑い、新浪は大井戸の体を軽くはたく。

「思ってたこと言ってくれてありがとうよ。先生は嬉しいぞ」

「あ、そ、そうですか」

新浪の明るい表情を見て、ほっとする。

「え。じゃあなんでさっきまで険しい感じだったんですか」

「そりゃお前、どうすりゃ大井戸の悩みを解決できるか考えてたんじゃないか」

「あ、そういうことですか。心臓が口から飛び出そうでしたよ……なんか、ありがとうございます……」

「うーむ。要するに大井戸はモテたいんだな？」

「そうです！」

「うおっ。潔いなお前」

「思ってること全部言っちゃったんで、あとはもうどうにでもなれです。僕はモテたいんです！　可愛い女の子とイチャイチャしたいんです！」

「けれども一向に『モテ期』が来ないから自分から動くしかないと考えた。誰彼かまわず告白すれば、いつかは彼女が出来ると考えた」

「誰彼かまわずってことはないですよ。僕は好きになった相手にしか告白していません！」

「私が担任になってまだ二、三カ月しか経ってない状態で三人に告白してるくせに何言ってやがる。どうせあれだろ？　ある程度可愛い女子にちょっとでも話しかけられたらその子から好意を持たれているかもしれないって勘違いした挙句、いつの間にか自分が好きになってて告白するっていう流れだろ？」

「…………そんなことはありません！」

「何だよその間は」

新浪は呆れ顔で大井戸を見てしまうが、「まあいいや」と切り替えて話を核心へと持っていこうとする。

「とにかく、お前はどうにかしてモテたいから告白しまくっていた。だけどよう……私が思うに、それは順序が違うんじゃねえか？」

「へ？」

「逆の立場になって考えてみろ。もしもお前がそんなに喋ったことがない上に全然可愛くない女子から告白されて、すぐさま付き合いたいと思うか？」

「…………思います！」

「だからその間は何なんだよ。自分でもわかってるじゃないか」

椅子から立ち上がり、真正面に顔が見える位置で新浪は言う。

「喋ったことがそんなにない上にかっこよくない男子から告白されても付き合おうなんて思う訳がないんだよ。『モテ期』に入っていない。でも女子と付き合いたい。だったら告白するしかない。この三段論法はなりたってないんだ。お前はな、考え方を間違えてるんだよ」

「ど、どういう……」

「モテ期に抗うな、モテ期を引き寄せろ。自分から動く意思があるのなら猶更だ」

「そんな……そんなこと、どうやったら出来るんですか！」

「自分を磨いて、自分に自信を持て」

大井戸の両肩にそれぞれ手を置いて――。

鼻と鼻がぶつかりそうな位置まで顔を近づけて、新浪は言う。

「『モテ期』に入っていない上に女子とあまり喋らない男子を好きになる女子なんかどこにいる。『モテ期』に入っていない平凡な男子から告白されて好きになる女子なんかどこにいる。女子を頼りにするな、自分を頼れ。告白から始めるんじゃなくて、まず女子とあまり喋らない平凡な自分を変えることから始めろ！　話はそこからだろ、大井戸公也！」

何かが体を貫いた。

感銘を受けたとは、このことを言うのだろうか。

考え方が一新されていく。

今まで大井戸は告白しなければ何も始まらないと考えていた。そこで思考が固定されていたせいで、どれだけ新浪から説教を受けても考えを変えようとはしなかった。

だがもし、スタート地点が間違っていたとしたら——

告白よりも先にまずやるべきことがあるとしたら——

話は、大きく変わってくる——！

「先生！　なんか、僕、あれです、ほんと、間違ってました！」

「おう。先生が言ったこと、わかってくれたか」

「はい！　あーもう、目から鱗が落ちるってこういう状況のことを言うんですね。今まで僕は何をしていたんだろう……女子に迷惑かけてただけかもしれないですね、もうほんとに、僕って奴は駄目駄目だな！」

「いやいや、そこまで自虐的になるなよ。告白されて嫌な気分になることはそうそうないんだ。だからそこは気にするな。だが考え方は改めろ。いいか、再確認だ。お前が今からやるべきなのは、何だ？」

「自分に自信を持つことです！」

「よっし合格だ。帰って良し！」

「ありがとうございまぁす！」

新浪に向けて深々とお辞儀をし、職員室を飛び出す。彼の表情はとても晴れ晴れとしていた。

これまで手の打ちようがなく、抜け出そうにも抜け出すきっかけがなかった悩みに対して光が差したのだ。

やるべきことがはっきりしたら、あとはそれをやるしかない。

大井戸の思考回路はとても単純な上に、そもそもこれまでに幾人もの女子に告白できる勇気と行動力を持った男である。

一度やると決めた以上、やるしかないと腹を括ることは誰よりも得意であった。

「お、来たか来たか。告白どうだった？」

夕焼けが校舎を包もうとしている中、下駄箱前で勢いよく靴を履き替え、さあ走り出そうとしていた大井戸を校門にて待ち構えていた男子生徒がいた。

高身長で容姿が整っている。スラっとした体型に加えて、爽やかな雰囲気。さらさらとした茶髪が風に軽くなびいている——そんなどこからどう見てもイケメンと言えるであろう男子生徒は、大井戸を見るとパッと笑顔になった。

大井戸が喉から手が出るほどほしいものを全て兼ね備えている男子の笑顔だ。

それを見て、表情をほんの少しだけ曇らせてしまった。

「ああ……田宮君。そういえば待っていてくれたんだったね。ありがとう」

「当たり前だろ。告白の結果をいち早く聞きたいって思わない奴はいないっての。部活が終わったのはさっきだからそんなに待ってないしな」

「そっか。うん、ありがとう。じゃ、帰ろうか」

「待て待て待て。それで？　どうだったんだよ告白は？　成功したのか？」

大井戸は校門から出てすたすたと歩こうとするが、田宮はその隣に喰いついて離さない。早歩きで抜き去ろうとするが、身長が頭一つ分違うが故に足の長さも圧倒的に田宮に負けている時点で土台無理な話であった。

確かに昼休みの時点では告白の結果を話そうと大井戸は考えていた。

事実、今年に入ってから二回の告白では予告と結果を田宮に話していた。その度に真剣に残念がってくれて慰めてくれる田宮の存在が何よりも嬉しかった。

良い奴なのだ。

良い意味で裏表がなく、好感が持てる。

だけどその性格が――言動が、なぜだか今は大井戸に劣等感をいだかせる要因になってしまっている。

「……そんなこと思っていてもしょうがないか」

ため息をつきつつ立ち止まり、田宮の方を向いて口を開いた。

「駄目だった」

「……マジ、か」

田宮はテンションを一気に下げ、本気で残念がる。

「マジだよ」

そんな彼を、大井戸はじっと見た。

「何で大井戸の良さがわかんねえんだろうなあ……大井戸といると無茶苦茶安心するってのに……ったく、ほんとわかってないよなあ女子たちはさぁ……」

「いつもありがとう、嬉しいことを言ってくれて。救われるよ」

「よせよ、本当のことを言ってるまでなんだから」

大井戸の言葉を受けてポリポリと頭をかいてはにかむ。

言動のどこをとっても爽やかな男である。

「しっかし意味わかんないよなあ……何で大井戸がフラれなきゃいけないんだろうなあ……」

「まあ、いいさ。今日のところはこれでいいんだ」

「んん？　何か、やけにさっぱりしてねえか？　どうしたんだよ。いつものお前なら帰り道の間中、告白した女の子のことを残念だ残念だって未練がましく言ってたじゃんか」

「そんな自分を捨て去る。これが第一歩なんだよ」

「……どういうこと？」

「ねえ、田宮君」

見本なら近くにいる。

悲観するよりも先に、やることはあるだろう。

新浪先生も言っていた。

利用できるものは利用しろ、と。

田宮は、大井戸が欲しいものを全て持っている。

サッカー部エース田宮雄一は今現在モテ期に入っている。

それだけではない。

彼の一度目のモテ期は――順調にいけば中学一年生から大学四年生までの――七年間という超長期間――！

「君は、普段どういう生活をしているの？」

イケメンの代表例。

特別な存在。

そんな彼が助言してくれるのなら何て頼もしいだろう。

恥も外聞も捨てて、自分を変えていこう。

決意した大井戸は、こうして明るい未来へと歩き出した。

第二章　モテ期大百科

「いらっしゃいませー！」

この接客用語を言う立場になるとは思ってなかった。

午後九時のコンビニ。

あまり客がいない時間帯に、大井戸(おおいど)はレジ前で大声を張り上げている。

「大井戸君大井戸君。準夜勤の時間帯にそんな大声出したらお客さん驚いちゃうから。普通の声でいいよ、普通の声で」

コンビニの店長が大井戸に注意する。

三十代前半という若さで店長になった小柄な男であり、やり手ではあるのだがこの店舗自体に人手が足りておらず、店長にもかかわらず空いているシフトに入らざるを得ない状況に陥(おちい)ってしまっている。それでも笑顔を絶やさず、コンビニの制服の左胸に研修中と書かれたバッジをつけている大井戸の横で指導をしている。

「わ、わかりました。いらっしゃいませ！」

「うーん、もうちょっと落とそうか」

「らっしゃーせー」

「うん、無茶苦茶テキトーになったね。零か百だね。逆に面白いね」

「すみません……」

「大丈夫大丈夫。最初は皆緊張するもんだから。肩の力抜いて、焦らずゆっくりね」

大井戸の絶望的な状況にもかかわらず店長はやさしくフォローをしてくれる。

ミスをしてしまう自分に対して絶望しそうになる大井戸だったが、その度に温かい笑顔を見せてくれる店長の存在に助けられていた。

「しっかし大井戸君、声大きいね。さすがは演劇部だね！」

「あはは……」

店長には悪気はないのだろうが、その言葉は大井戸にとって皮肉にしか取れなかった。

＊

「普段どういう生活って……そんな特別なことはしてないと思うぞ」

──一週間前。

校門の前にて大井戸の質問を受けた田宮は、戸惑いつつも大井戸の質問に答えてくれた。

「基本的にはサッカー部メインだな。高校生男子が励むべきもの、やっぱそれは部活動だろ」

「部活動か……なるほど……」

ちなみにも何もないが、大井戸は帰宅部である。

この時間に下校するのはかれこれ一カ月ぶりといっていい。

普段なら授業が終わった直後に全速力で古本屋に駆け込んで漫画を物色するのだが、この日はテニス部に所属する柏木加奈を下駄箱前にて待ち伏せする必要があった。

帰宅部であることは漫画を立ち読みするためにも、女子に告白するタイミングを確保するためにもある種必要な条件だったのだが、告白をしないと決めた今ならば部活動を始めたところで全く問題ない。

「部活動がない時は？」

「週三でバイトしてるぜ」

「え、田宮君バイトしてるの！」

「もちのろんよ。バイトして金稼がねえと遊ぶ金がなくなっちまうから仕方なくってところだな。俺ん家、そんなに金があるって訳じゃねえし。サッカーシューズだって自分で稼いで買ったんだぜ、へへっ」

「うおお……」

カッコイイ。

大井戸は素直にそう思った。

こういうところが自分に足りないところなんだろうとも思った。

「火曜日と木曜日は部活帰りにバイト行って、土曜日は部活が基本的に短めに終わるからシフト入れてるって感じだな」

「どんなバイトなの？」

「ラーメンのチェーン店で皿洗い。たまにお客さんの注文聞いたりするかな。……そうだな。何を思って大井戸が俺にこんなこと聞いてくるのかはわからねえけど、バイトはやっといた方がいいかもだぜ。特に接客業な。自分がどんだけ使えない人間なのかってのを自覚できるからよ。俺らの学校は珍しくバイト禁止じゃねえし、経験としてやっとくのもありだぜ」

「な、なるほど」

自分の知らないところで自分の知らない世界を経験している。

しかも自分よりも年上の人たちがいる世界でがんばっていた。

こういう経験がモテる要素になっているのだろうか――

大井戸は頭の中でバイトをすることを必須(ひっす)とした。

部活とバイト。両立できるか正直自信はないが、やってみる価値はあるだろう。

「あとは何をしてるの？」

「気の合う奴らと遊んだりドラマを見たりマンガを読んだり、あとは専(もっぱ)ら勉強だわな」

「うへぇ、勉強……」

「勉強はな、マジで大事だぜ。学生の本分は勉強だ。勉強しないなら義務教育でもない高校に入る意味がねえ」

「ごめんなさい耳が痛い」

田宮は学年でトップクラスの成績を常に獲得している。

早い話、成績優秀スポーツ万能という言葉が一番似合う男なのである。爽やかさの中にチャラさをブレンドしている外見と、内面に密かにしっかり勤勉さをも確保しているが故に、女子からギャップ最高と言われている。

何はともあれ、こうして大井戸は自分のやるべきことを決定した。

部活動、バイト、勉強。

この三つが、やり遂げるべきことだ。


すっかり暗くなってしまってから帰宅した大井戸は、自室にて制服姿のままベッドに横になり、スマートフォンでバイトの求人情報を漁った。条件は高校生でも可能で、夜九時から働ける所。部活に入ると決めた以上、間違いなく部活が終わっており、かつ家族と夕食を共にした後シフトに入るといった時間帯がベストであろう。

「あ」ここまで考えて思い出した。「父さんと母さんの許可を得ないと駄目なのか」

——同日夕飯時。

怪訝そうに「どうしたの？」と聞く母親と父親にバイトをしたいという旨を話し、紆余曲折あったが承諾を得ることが出来た。バイトをするのは別に構わないが午後九時までと、近くの所でしなさいという条件付きだ。

「ま、そうなるよね」と思い、ついでにこんな発言もした。「あと、部活入ろうと思う」

この宣言には両親ともども大喜びであった。そもそも帰宅部なのに帰宅するのが基本的に午後七時という点に納得がいってなかったらしく、高校生活を改めようとしている息子の変化に二人は拍手喝さいを送った。

そこまでのことなのかと、大井戸は密かに手ごたえを感じ始めた。

この変化は、なかなかに凄いことなのかもしれない。

「やってやりますよ、新浪先生！」

目指せ、彼女を作ってイチャイチャ生活！

心の中で目標を立てて、バイトと部活を探すことにした。

バイトはすぐに見つかった。

近くのコンビニである。家から歩いて五分の所で、二十四時間営業。高校生を含めた未経験者も歓迎とサイトに書かれていたので、すぐさま応募した。

そしてその日の午後九時に電話がかかって来た。

面接をしたいので都合のいい日にちを教えて欲しいとのことで、翌日の火曜日にした。

ベッドに横になりながら、大井戸は考える。

勉強面に関しては特に問題はないだろう。とにかくやってみれば良いのだから、明日学校が終わった後、バイトの面接時間までにやり始めれば良い。

そうであるならば、残る問題は部活動である。

現在大井戸は高校二年生で、来年にはどうせ引退するという状況だ。コミュニティーが出来上がっている中いきなり飛び込むのはさすがの大井戸でさえも勇気のいる行動であった。

「それでも、やるしかないよねえ」

自室にて一人呟き、どの部活が適切かを考える。

まず、ある程度クラスの友達がいた方が良いだろう。形成されたコミュニティーの中にもまだ入りやすい。

次に、運動部は駄目だ。大井戸は体があまり頑丈でない上に運動神経がからっきしである。体育の時間で良い目を見たことが全くない。体育の授業中に保健室に運び込まれて軽く泣きそうになるほどである。キャーキャー言われている男子を羨(うらや)ましいなあと思うことはあったが、ああはなれないんだろうなという諦(あきら)めもあった。

ああいうモテ方は出来ない。

それでも、田宮雄一(ゆういち)のようにならなければならない。

運動が出来てモテるのは学生生活までであるが、どうあがいても自分にはそんなモテ方は出来ないだろうという諦めが先行してしまう。これが良いことなのか悪いことなのか。今の大井戸には判断できないが、仕方がないのだろう。

そもそも部活外の女子にキャーキャー言われる必要はない。

部活内の女子にキャーキャー言われればいいだけの話である。

「ってことはつまり、入るべき部活はこれしかない――」

文化部で、かつ女子の比率が高い部活。

仲良くなれそうなシチュエーションが多そうな部活ならばなお良し。

大井戸が通う高校でその条件を満たしているのは、大井戸が考える限り一つしかなかった。

「ブラスバンド部だ！」

＊

翌日の火曜日昼休み。

大井戸はブラスバンド部に在籍している男友達――八重樫友則にブラスバンド部に入りたい旨を伝えた。

教室の窓際端にて二つの机を占拠し、大井戸と八重樫が向かい合って昼食を食べている。大井戸は母親に作ってもらった弁当であるのに対し、八重樫はコンビニで買ったサンドウィッチであった。

「残念ながら今は無理なんだよ」

ちなみにサッカー部エース田宮は年上の可愛い彼女と一緒にどこかへ行ってしまっている。

校舎裏にでも行って一緒に昼食としゃれ込んでいるところなのだろう。これだよこれ、こういう学校生活を送りたいんだよと改めて切望した大井戸は、その数分後に八重樫の返答を聞いて愕然としてしまった。

「え、無理なの？」

親友ともいえる八重樫からばっさりと切り捨てられ、戸惑うしかない。

「何で？　部活って人がいっぱいいた方がいいんじゃないの？」

「それは一概には言えないと思うがな。ボクが言いたいのはそういうことじゃないんだよ」

おかっぱ頭が特徴の八重樫が、中指でくいっとメガネの位置を直し、申し訳なさげに話を進める。

「本来なら大井戸の入部を歓迎していただろう。大会は夏休みだし、今から無茶苦茶練習したらもしかしたら大会に出られるかもしれないしな。人数が余っているという訳でもない。うむ、だが、そうだな、一週間くらい前に言ってくれていれば諸手をあげて大井戸を部活案内していたと思う」

「一週間くらい前？　どういうこと？」

「ブラスバンド部の女子が一人、『モテ期』に入ってしまったんだ」

「あぁ……」

大体察しがついた大井戸は、静かに箸を動かしご飯を少しだけ食べ進めた。

モテ期に入った女子ほど、怖いものはない。

「どうせあれでしょ、男子がその子を好きになりまくっちゃったんでしょ。そんでもって部活崩壊的なやつでしょ。うわぁ……部活クラッシャーじゃん……『モテ期』あるあるじゃん……」

「それで済んだならまだよかったんだ」

「何が起こったの」

「告白された女子……まあ一年生の後輩なんだがな。そいつが告白を全てオーケーしてな」

「うわぁ……」

「その結果、部内のほとんどの男子の心をものにしてしまった」

「うわわわわぁ……その女子怖ぁ……」

大井戸は別世界の話にドン引きするしかない。

「そういう反応になるだろうな、やはり」

ため息を吐き、八重樫はサンドウィッチを思いきり食いちぎる。口をモグモグと動かし、一気に飲み込んだ。

「それが一週間前だ。そこからは地獄絵図だな。その後輩女子を中心に練習を進める前提が出来上がったのにもかかわらず、その後輩は練習に必ず遅刻するから練習が定時に始まらない。というかその後輩が来ないと男子がほとんど来ない。他の女子たちはその後輩女子を敵視しすぎて練習に気合いが入ってない。まあ当然と言えば当然だろう。なにせ彼氏を奪われた女子もいるのだから」

「はぁ！　彼女持ちの男子にも告白したの、その女の子！」

驚愕の事実の連続に大井戸はとうとう叫んでしまった。クラスメートがちらりと向ける視線が痛いがなんとかやり過ごした。その様子を見て微かに笑う八重樫だったが、その笑みには明らかに疲れが見えていた。

『モテ期』に入って舞い上がってしまったんだろう。多数の異性を手玉に取る喜びに駆られてしまったんだな。昔は真剣に練習していた優等生だったんだが、まさかこうなるとはな。当人の話だと『モテ期』は三カ月と言っていたからまだまだ続く……はぁ……」

「…………」

「という訳で、今は駄目だ。まだその後輩は『モテ期』真っ只中だからな。女子に対する鉄壁のバリアがない奴はその後輩の標的にされてしまう。……まだ幸運だったのはその後輩のモテ期力がブラスバンド部内で収まってくれたことくらいだな。所詮ビッチには限界がある。そういう世の中でよかったよ」

「ま、まあ、確かに」

――モテ期力とは、『モテ期』に入った時にどの程度モテることができるかを示す言葉である。

モテるといっても限界がある。

もし後輩女子のモテ期力がブラスバンド部員のみならずクラスの男子、ひいては学校全体の男子にまで及んでいたとしたらこの学校の風紀は終わりを告げていただろう。しかし、男子を支配しようと考える女子のモテ期力は十人そこそこの男子しか動かすことが出来ないのが通説である。

常識的に考えて、十股など維持できるわけがない。

「わかった、ブラスバンド部は諦めるよ。うーん、良い案だと思ったんだけどなあ」

「面目ない。その代わり大会のチケットをやろう。二枚やるから、誰かと来てくれ」

「いやいやいやいや、ブラスバンド部大丈夫なの。そんな壊滅的状況で大会出られるの？」

「何とかするさ。そのためにボクがいる」

カッコイイ。

これまた素直に、大井戸は思った。外見上はおかっぱメガネだが、発言一つでこうもかっこよく見えるのかと大井戸は感心した。やはり外見ではない。発する言葉のセンスも大事なのだなと、大会のチケットを受け取りながら一人頷いた。

「……あれ？」

ご飯を口に運ぼうとしたところで大井戸はある点に気が付いた。

「八重樫君はその後輩さんの色香に惑わされてないの？」

「ふっふっふ。ボクがそんなやわな男に見えるのか？」

「バリバリ見えるから聞いてるんだけど」

「うおっと、これは一本取られたな。だけどな、ボクはあの後輩女子に迫られたが、拒絶してやった。これこそ漢の中の漢の振る舞いだろう」

「それはすごいね！　とてつもないね！　僕だったらその子と喋るだけで陥落するって断言できるよ！」

「こんなに情けない断言する奴は初めて見たよ」

「何で断ることが出来たの？　言っちゃなんだけど、八重樫君も僕と同じで『モテ期』に入ったことがない男子だよね」

「そんなのは決まっているに決まっている」

サンドウィッチを一気に口の中に入れ——

一気に飲み込んだ後ペットボトルの中に入っているミルクティーを飲み干した八重樫は、これ以上ないほどのドヤ顔でこう言ってみせた。

「ボクは年上にしか興味がない！　年上の、アダルティな魅力にしか、興奮しない！」

「うへぇ……」

このカッコよさはいらないなと、大井戸は素直に思った。


ブラスバンド部が駄目となると、事前に考えていた条件に合致（がっち）する部活動が他に思い浮かばなくなってしまった。

友人が所属している部活動というところを条件として掲げ（かか）ていたが、正直なところあとはもうサッカー部しかなかった。

そもそも『友人は誰か』という問いに対して思いつくのが八重樫と田宮しかいない時点で、事前に掲げていた条件は破綻（はたん）していたといえるだろう。

授業の班で一緒になったり校外活動でグループになったりした人たちはもちろんいる。

廊下ですれ違ったら挨拶（あいさつ）をする程度の仲だ。

けれども、この時期に入部する奇特な同級生である自分を優しく受け入れてくれるほどの仲とはとうてい言えなかった。

授業中も考えていたが良い案が一向に思い浮かばない。

ひとまず校舎から出てスマホを手に持ち、学校の公式HPを開いた。

部活動紹介があったので、手当たり次第に部活動を探ってみた。

運動部は生徒の顔にぼかしが入った上で多くの活動内容が掲載されている。十を余裕で超える数だ。運動部は大会があるのでその様子や結果を公開して学校の宣伝にしやすいのだろう。

一方文化部は、『ブラスバンド部』の他には『囲碁将棋部』と『クイズ研究会』しかなかった。

「少ない！」

思わず一人叫んでしまったが虚しさしか残らなかった。

それでもせめてどちらかは良い感じなのではと期待して項目をクリックしてみる。

両者とも華々しい成績を残している部活らしく、写真も掲載されているが——その中に女生徒の姿はなかった。

「『モテ期』に入るためには運動部に入るしかないのか……？」

わからない。

それでも何かをしなければならないと思った大井戸は、部活動の案件は一旦置いておこうと思い、勉強に励むことにした。

田宮のようになるためには、部活動・勉強・アルバイトの三本柱を確立しなければならない。

学校近くに図書館がある。

しかもそこは二階が自習室になっているためかなり勉強しやすい環境と言えた。

自習室にはすでに何人かいたが空いていた窓際の席に座り、さあ頑張ろうと教科書とノートを開いた。

――二十分後。

大井戸は、一階で漫画を見ていた。

この図書館は蔵書(ぞうしょ)の幅が広く、幸か不幸か漫画本もそろっている。

古本屋には並んでいないニッチな作品タイトルばかりだ。

休憩を兼ねて一階をぶらぶらし始めたのが運の尽きだった。

『これだけ読んだら勉強に戻ろう』と思うが、まだ読んでいない漫画がそこにある以上、もっと読みたいと思ってしまうのは仕方のないことではあった。そもそも勉強の習慣がついておらず、この時間の元々の習慣は漫画をひたすら読むことだった。

この状況に陥ってしまうことは必然と言えるだろう。

結果、アルバイトの面接に間に合うギリギリの時間まで漫画を読んでしまった。

唯一(ゆいいつ)苦もなく達成できると考えていた勉強すらうまくいかなかった。

「……せめてアルバイトは頑張ろう！」

自己嫌悪に陥りながら自習室の机に広げている教材を片付け、図書館をあとにした。


午後六時。

従業員が着替えや休憩をするバックヤードにて面接が始まった。

パソコンの前に店長が座り、その正面に大井戸が座っている。店長は温和な雰囲気を漂わせる三十代前後の男性であった。優しい声が大井戸の緊張をほぐしてくれる。

「では、面接を始めたいと思います。そこに腰かけてください」

「はい。よろしくお願いします」

「えーっとね、ではまず、なぜこのバイトを始めようと思ったのか教えてください」

「女の子にモテるためです」

「…………は？」

優しげな表情を浮かべていた店長が目を見開き唖然とするのも無理はない。それほどのことを大井戸は言ってのけてしまった。

しかし大井戸は考えなしにこの発言をしたわけではない。

こんな理由をコンビニでバイトを始めたい理由にすれば、面接の段階で落とされるリスクはかなり上がるだろうという考えには勿論至っていた。

それでも、大井戸は言ってのけた。

なぜなのか。

——この考え方を認めてくれるバイトを探すためである。

大井戸の表情は真剣そのものであった。ここで誤魔化すのは簡単だ。社会勉強のためだとか何らかの目標額までお金を貯めるためだとか、そういった理由をテキトーに見繕（みつくろ）って言ってしまうのはとてつもなく簡単なことである。

だが、大井戸は考える。

ここで嘘をつく男を、一体全体誰が好きになってくれるのだろうかと。

「僕は今高校二年生なのですが、全くモテていません。それどころかクラスに気軽に喋れる女の子すらいません。これまではそういった現状を打破するために好きになった女の子に片っ端から告白していたのですが、それでは前に進めないということを最近になってようやく気付くことが出来ました」

「確かに、そうだね」

店長はいつの間にか神妙な表情になっていた。面接においてこれほどまでに奇想天外な返答をしている大井戸の言葉に耳を傾けている。それだけでこの店長も変わり者ということがわかるだろう。

「僕がすべきことは、女の子に好かれるように自分が成長することだったのです。そのために、僕は色々なことに挑戦したいと考えています。その一環として、コンビニバイトを始めようと考えました。接客業をやることによってコミュニケーション能力、通称コミュ力を上げ、女の子と軽やかに喋れるようになる。そして何より、バイトを行うことにより出会いを増やし、女性と触れ合う機会を増やす。あわよくば、あわよくば彼女を……！」

「なるほどー」

そこまで聞いて店長は、腕を組みながら一度深く頷いた。

再び、優しげな表情を浮かべる。

「要するに、人間として成長したいってことだね。表面的な動機は不純だけど、根源的にはこういう解釈でいいのかな」

「そうです！　その通りです！」

「何てとんでもないことを言いだすんだろうって思ったけど、そういうことなら大丈夫です。充分にこのバイトをする理由になり得ると思います」

「……ありがとうございます！」

まさかこの理由で大丈夫と言われるとは思ってもみなかった大井戸は嬉しくなり全力で頭を下げる。それを見ながら店長は「ああ、そんなかしこまらなくていいよ。リラックスリラックス」と言って空気を和（やわ）らげようとしていた。

なんて優しい店長さんなんだ。

コンビニバイトはきついと覚悟していたが、この店長さんの下ならばそれほどきつくないかもしれない。

大井戸はこの時点で楽観的になってしまった。これ以降の質問では店長が唖然とするほどの衝撃を放つ返しはせず、淡々とこなしていった。緊張などという言葉は大井戸の中に一切なかった。あるのは、このコンビニで、この店長の下で働きたいという意欲。大井戸が現在抱えている渇望を理解してくれた人である。この人の下でなら成長できる。そう考えて疑わなかった。

「では最後に、大きな声で『いらっしゃいませ』って言ってくれるかな」

全ての質問が終わり、店長はこれまた優しく大井戸に言う。

「立ち上がってちょっと離れた位置からお願いしてもいい?」

「わかりました」言われた通りに立ち上がり、距離をとる。

「いらっしゃいませー!」

「……はい、ありがとう。大きな声ですね」

店長は満足げに頷き、笑顔を見せる。

「結果は明日中にはお伝えできると思います。これからよろしくお願いします」

「ありがとうございました! こちらこそよろしくお願いします!」

こうして大井戸のバイト面接は終わった。志望動機がモテたいからというものであったが、それでも、大井戸はやり切ってみせたのである。結果がどうなるかはわからない。しかし大井戸は大丈夫だろうと確信していた。この店長さんが笑顔でこれからよろしくお願いしますと言ってくれたのだ。これで落とされたら人間不信に陥りかねない。

「失礼しました!」と言い、バックヤードから出た。

眼前に広がるはコンビニ内の風景。

客もまばらだが、それでもレジにいる女性店員は、キリッとした表情で立っていた。大きな黒縁（くろぶち）メガネをかけマスクを着けている女性である。高校生であろうか。長い茶髪がポニーテールに纏（まと）められているのが印象的である。メガネの奥に潜（ひそ）む眼光は、なぜだか鋭かった。

「失礼しました」

店員さんにも言わなければこれまた失礼にあたるだろうと考え、大井戸は彼女に挨拶をした。大井戸の考えでは、後輩になるかもしれないバイトの面接を受けた後の男子に向けて笑顔で「お疲れ様でした」と言ってくれるはずであった。

「無駄にうるさい。とっとと帰って」

「え?」

大井戸の思いとは裏腹に、彼女は思いっきり顔をしかめ、大井戸に対して侮蔑（ぶべつ）の念を送って来た。

――大井戸の目論見（もくろみ）は、バイトに受かってから外れ始める。

女子と一緒にバイトをするのは歓迎していたが、その女子から心底嫌われるとは思ってもみなかった。

「あ、そうそう。紹介してなかったね」

レジの前に立った店長が言う。

「大柳（おおやなぎ）桜子（さくらこ）さん。確か大井戸君と同じ高校に通ってるんじゃないかな。大柳さんの方が年下だけど、仲良くしてあげてね」

「店長、お願いです。この人と同じシフトにしないでください」

「えぇ……何でなの大柳さん……」

温和な店長がドン引きしてしまうほどの拒絶を食らってしまった。

なぜかはわからないが、初対面の時点で思い切り嫌われている。

ここで大井戸は気付いてしまった。

コンビニバイトも、部活動と同じだ。

元々形成されていたコミュニティに首を突っ込まなければならない。

「よ、よろしくお願いします……」

泣き出しそうになるのを何とかこらえながら、そそくさと大井戸はコンビニを出た。

部活動・勉強・アルバイト——

田宮のようにモテるため、この三本柱を確立しようと——思っていた。

まさかここまで上手(うま)くいきそうにないスタートを切ることになるとは思っていなかった。

しかし、当然なのかもしれない。

これまで自分は何もやってこなかった。ただただ彼女を作りたいがために女子に告白をして振られてきた。それ以外のことは何もせずサボってきた。

そのツケが、今、回ってきているのだろう。

「このままだと駄目なのでは……」

ひとまず誰かに相談しよう。

そう考えて思い浮かんだのは、あの人の顔しかなかった。

*

翌日水曜日の放課後。

「なるほど。それでいきなり私のもとにやって来たってことか」

腕も足も組みながら、大井戸の嘆き(なげ)を聞いた新浪(にいなみ)は感慨深げに頷いている。

「先生は嬉しいよ。告白ばかりしていた問題児がまさかこうも改心してくれるとはなあ」

「なんかすみません」

「謝る必要はないさ。私を頼ってくれるのも嬉しいしな。誠心誠意、質問に答えようか」

そう言ってにんまりと笑い、新浪は発言する。

「この中だと私が手助けしなきゃならないのは、部活動と勉強ってところか」

「そう、ですね。コンビニの人間関係は、まあ、頑張るしかないかと」

「コンビニなあ。その後輩女子に対して何か恨まれるようなことしてないのか」

「女子に対しての誠実さしか誇れるものがない僕が何かするはずがないじゃないですか」

「何も知らない後輩からしたら、下駄箱前で告白しまくる残念な先輩としか見られてないと思うが」

「ぬぁぁ！　そうなるんですか！」

「そうなる他ないんだよ」

大井戸が頭を抱えて絶望している様子を見ながら新浪はため息をつく。

「まあいいさ、お前が誠実っていうところは間違いないからな。コンビニの人間関係に関してはそのうち何とかなるだろ。問題は他の二つだ」

大井戸の目をまっすぐ見ながら新浪は続ける。

「まず大井戸のためにもこれだけは言っておくぞ。勉強の集中力が続かなかったからといって自分を責めるな。最初は仕方がない」

「そういうものなんですかね……かなり自己嫌悪に陥ったんですが」

「ひとまず習慣付けだな。どんなに短くても良いから継続しろ。そうすりゃ自ずと結果は出る。継続できなかったとき、初めて自分を責めろ」

「……わかりました、ありがとうございます」

若干半信半疑ながらも、継続が大切であることを胸に刻んだ。何よりも、今はまだ自分を責めなくて良いという言葉に救われていた。新浪がそう言ってくれるからには、それでいいということなのだろう。自分を導いてくれるだけでなく慰めてもくれる目の前の先生に大井戸は感謝していた。

「あとは、部活動か」

「そうなんですよ。色々調べたんですけどうまくいかなくて……。何かオススメの部活、御存じですか?」

瞬間――新浪はくっくっくと笑い始めた。

その笑い方はこれまでの優しい感じでは到底なく、新浪にとって都合の良い何かを企(たくら)んでいるような――そういう笑い方だった。

「二年四組の教室に行ってみろ。そこに答えはある」

「え……そうなんですか? 何部ですか?」

「それは行ってみてのお楽しみだ。そろそろ練習が始まっている頃だ。ほれ、行ってみろ」

「でも」

「いいからいいから」

若干の不満と不安を覚えつつも、ここまで自分を導いてくれた新浪の指示に背(そむ)くわけにはいかない。

職員室を出て、廊下を歩いて階段を上がった。

二年四組は二階にある。

ゆっくりと階段を上がり、右に曲がって二年四組を目指そうとした――その時だった。

「そりゃあれですよ。先輩の心の中が、良すぎたからですよ」

透き通るような声が、廊下に響いた。

女性の声だった。それほど大きな声ではないのに、廊下にまで響いている。近くの教室からなのは間違いない。しかしそれは日常生活では聞かない種類の声だった。感情を込めているというべきなのか、そういった種類の声だ。

文脈を何も知らないため何を言っているのかはわからなかった。

だが——それでも——その声を聞くだけで、言っている本人が何を考えているのかを手に取るように感じられた。

「先輩が純粋だったからです。ずるいなぁって思いました。今まで生きてきて、こんなにも綺麗な人はいなかった」

近い。間違いなく近い。

今現在、二年二組の前に大井戸はいる。

「ずっと一つの場所にとらわれていたこととか、私のことを知らなかったりすることとか、色々な要因はあると思いますよ」

なぜだろう。胸が高鳴る。この興奮は何なのだろうか。今の今まで感じることのなかった種類の高鳴りだ。

二年三組の前を通り過ぎる。

近づいている。間違いなく近づいている。

「でも、先輩。自信を持ってください。先輩の心の中は、街のどの人よりもずっと、あたたかかったです」

二年四組の前に来た。

その声は、間違いなくこの教室から発せられている。

教室の扉から中を覗き込んだ。今すぐ入りたい気持ちはあったが何とか抑えた。そんなことをしてしまっては第一印象が最低ラインに達してしまうだろう。第一印象はいつどこでも大切である。それを大井戸は本能で理解していた。

なぜなら今いるここは新浪に勧められた場所であり、教室の中で言葉を発している女性に筆舌しがたいほどの興味を惹かれていたからである。

その声の主は見知らぬ女子であった。

机と椅子が後方に下げられており、黒板側を半分だけ使えている教室で、その声を出している。長い黒髪を右上に束ねているサイドポニーな髪形が目に留まる。高校生男子の平均的な体格である大井戸とそれほど身長は変わらない。そんな少女が椅子に座り、その右隣の椅子に座っている小柄な女子に話しかけていた。ジャージというただ一点だけがアンバランスだったが、その程度のことは全く気にならないくらい、その女子は輝いて見えた。

寂しげな、それでいて綺麗な表情を隣に向けている。

その姿はとても魅力的で、何も言っていない状態でも大井戸は目を離すことが出来なかった。

「はいストップ！」

突然教室前方から大きな声がすると、その女子は一息ついて表情を緩めた。

見入ってしまっていた大井戸はここでようやく我に返ることが出来た。改めて状況を把握したい大井戸は、声のした方を向く。

「うん、愛里、良くなってるよ。その方向性で固めて。でもちょっと美鈴の方を見過ぎかな。先輩に喋りたくないけど喋らなきゃいけないっていうジレンマをもっと出していきたいね」

「おっけーでーす」

愛里と呼ばれた女子は、教室後方の机に置かれた冊子に何かを書き込んでいる。

あの紙の束は何なのだろうか。

三人の女子たちは、ここで何をやっているのだろうか。

二年四組で行われている部活の内容は何なのだろうか。

これまでの状況を整理して、大井戸は一つの結論へと結びつけた。

「ここは——」

「ちょっとあんた、何?」

考えにふけっていた大井戸の耳に、突如声が飛び込んできた。

高圧的な声だ。

黒板の前にいるメガネをかけた女子がこちらを向いている。

覗いていたことがばれたと大井戸が思ったときにはもう遅かった。

扉の前で狼狽える彼に向かってメガネの女子が大股で歩いてくる——

——そして扉が開かれ、大井戸とメガネの女子が向かい合った。

「何覗いてんの。変態なの?」

「へ、変態ではないです！」

降ってわいた変態疑惑を大井戸は全力で否定しようとする。メガネをかけている女子は身長が大井戸よりも若干低かったので大井戸の顔を見上げる形になっている。腰に手を当てながら見上げる構図にもかかわらず、彼女の顔は見る者を圧倒させる迫力があった。

なんとか堪えようとしたものの、「誤解です！」と勢いよく叫んでしまう。

対して、女子は「何が？」と一言冷たく言い放つだけだった。

素直に怖い。

だが、もう、動きだしてしまった以上止まる訳にはいかない。

勢いだけで大井戸はありのままを話し始めた。

「部活に入ろうと思ったんですけど、どこにしようか迷ってて！　理科の新浪先生に相談したら二年四組に行けって言われたんです！　でも二階に上がったら凄く綺麗な声が聞こえてきて、気になって、それで、覗いて……ました……すいません……」

「へぇ、まさかその流れで自首するとはね」

ふぅとため息を吐き、腕を組んでじろじろと大井戸を見るメガネの女子。その視線は大井戸の全身をくまなく観察していた。初対面の女子――少なくとも同学年ではないだろう――に凝視されるなんて経験は当然ながら大井戸にはなく、緊張し、俯いてしまう。メガネの女子の顔を見ることが出来ない。

「な、何ですか」

「ふむ……太ってもなく痩せてもなく……身長も高すぎるでもなく低すぎるでもなく……ザ・普通の人って感じだね」

「すみません……」

「あ、ごめんごめん。私的には褒めてたつもりなんだけど」

「え？」

予想外の言葉に大井戸はハッと顔を上げる。

そこにはニヤニヤと不敵な笑みを浮かべるメガネの女子と、いつの間にか他の二人も集まっていた。

美鈴と呼ばれていた小柄な女子と——綺麗な声で言葉を紡いでいた愛里という女子だ。

美鈴は怯えた表情で大井戸を見ており——愛里は、なぜだか満面の笑みで大井戸を見ていた。

「優芽先輩が次に言う台詞、私、わかりますよ」

愛里が楽しそうに言う。

「美鈴もわかったかも……でも勘違いだよ……スケジュール的にあり得ないもん……勘違いだって思いたいなあ……でもそれしかない……」

美鈴はもじもじとしながら不安げに呟く。

「さっすが二人とも。私のことをよくわかってくれてるね」

嬉しそうに微笑んだメガネの女子——優芽は、ズンと一歩踏み出し——大井戸に歩み寄る。

「君。学年と名前を教えてくれる？」

「え、え、どういう」

「いいから」

「……二年二組、大井戸公也です」

「ふうん。君、部活入りたいんだっけ」

「は、はい。でもどこにしようか迷ってて」

「で、ここに来て覗きをしてた、と」

「覗きなんてそんな！」

「その気がなくてもしてたことは事実でしょう？」

「……はい……すみません」

「じゃあさ、私たちのお願い事、一つだけ聞いてもらってもいいかな」

ニヤニヤと意地悪な笑みを浮かべる優芽に対し、大井戸はいつの間にか恐怖を覚えていた。

何だこの人。

何を考えているんだ。

「君は今、入る部活を探している。そして覗きの謝罪もしたい。そんな君にとって得でしかないお願い事なんだけど……どうかな。聞いてくれる？」

「な、内容に、よりますけど」

「よかった。じゃあさ」

そう言うと優芽は、ニンマリと楽しそうに笑った。

その笑みはなんとも魅力的で蠱惑的で――

それにもかかわらず恐怖を植え付けながら――

大井戸に向かって、こう言った。

「演劇部に入って主役をやってもらえない？」

「……はい？」

頭の中に疑問符が生まれまくった。

この人は何を言っているんだろう。

目を大きく見開きながら理解に苦しんでいたのだが、目をキラキラ輝かせているのは優芽だけではなく――なぜだか愛里も同じであった。

美鈴だけが「うえぇ……本気なの、優芽ちゃんー……」と顔面蒼白になりながら反対意見を出している。

正直にいうと理解しがたい気分だったので、思いの丈を述べた。

「演劇部に入ってくれというのは、ありがたいです。僕からお願いしたいくらいですし」

「それはよかった」

「ですけど、あの、主役ってどういう意味ですか？」

「物語の中で最も重要な人物、かな」

「それはわかるんですけど……何で今日初めてこの部室に来た僕がいきなり主役なんですか？演劇って聞いたことはありますけど観たことないし。あ、そうだ！　舞台とか作る役割もあるんですよね！　裏方でしたっけ。そういうのやってみたいです！」

「だーめ。君は主役」

「そんな……」

がっくりと首を垂れるが優芽は笑みを絶やさない。

まさかこんなことになるとは思っていなかった。演劇部ということは正直気付いていなかったが、女子しか見当たらないというところで入りたい意欲がかなり高まった。

しかし、いきなり役者で、それも主役というとんでもない話に行き着くとは予想だにしていなかった。

「そこまで突飛（とっぴ）な話じゃないと思うよ！」

下を向く大井戸に対し、快活な声を向けたのは愛里であった。

「公也君の声、とっても大きいもん。舞台に出ても引けはとらないよ！　それに……」

言おうか言うまいか悩んでいるようなそぶりを見せた愛里だったが、えへへとはにかみ、こう言う。

「下校時刻の下駄箱の前なんていう周りに人が多い中で告白出来る人が、舞台に立つくらいで緊張するとは思えないし？」

「ぐはぁっ！」

何だと！

あの現場を、演技が上手いこの女子に見られていたのか！

「あ、それ私も聞いたことがあるぞ。そうか君か。こりゃますます適任だねえ」

優芽はメガネの位置をクイッと指で直す。

「わ、私も聞いたことある。二年生で告白しまくってる男子がいるって。貴方(あなた)なのね……凄いね……」

おどおどしながらも美鈴は聞くべきことはしっかり聞く。

「何で皆さん知ってるんですか！」

二人の発言を聞いて大井戸は衝撃を隠すことが出来なくなってしまった。

ひと月に一回程度しか告白していなかったため、それほど有名になるわけがないと思っていた。

しかし蓋を開けてみればこれだ。

それは、駄目、だろう。

どこの世界の女子が、告白しまくっている——極論を言えば女子なら誰でも良いから付き合いたいと考える男子を好きになるのだろうか。

——新浪先生の言う通りでしかない！

——告白なんかしている場合では、断じてない！

「噂(うわさ)になってるんですか！　そんな馬鹿な！」

「そんな馬鹿なと言われてもねえ」

やれやれと言いたげな表情を浮かべ、優芽は言葉を紡ぐ。

「『下駄箱前で告白する二年生』の噂って今年に入ってから結構トレンドだよ。私ら三年生の耳にも入ってるから、学校全体に広まってるんじゃない？　そうだよね、美鈴」

「そ、そうだね。私のクラスでも結構話題になってる」

「そんな……もう手遅れなのか……っ！」

大井戸は本気で絶望しそうになる。

これは、自分が想像していた以上にまずい状況なのではないだろうか。

「いや、まだだ！　噂が学校中に広まってるって決まったわけじゃない！　そうだよね、そうだと言ってください！」

「ほら。やっぱり声大きいじゃん！」

愛里がパァッと笑顔になって言った。

「それ今関係ないから！」

「ちなみに二年生はほぼ全員知ってると思うよ。特に女子はねー。女、子、は」

「ぐはぁっ！」

全身全霊で叫び、そのまま後ろに倒れてしまった。

大げさではなく素直なリアクションである。ここまでしてしまうほどの激情が生まれてしまったのだった。

大井戸は体を痙攣（けいれん）させながら廊下の天井を眺める。

ああ、ここまでか、自分の青春の可能性は。

始まる予感すらしなかった青春は、すでに終わってしまっていたのか。

そう考えれば考えるほど泣きたくなってきた。

そんな彼の視界に——三人の女子の顔が入り込んでくる。

「そんな君こそ演劇部だ。もし上手くいったらファンクラブなんてものが出来るかもよ」

優芽がメガネの位置を中指で戻しながらニヤリと笑みを浮かべる。

「……貴方自身のキャラクター性が、もしかしたら主人公に合っているかも。どちらにせよ選択肢はないんだし……お願いしてみても、いいかな」

美鈴がおどおどしながら、なんとか表情をキリッとさせて懇願してきた。

「私たちは、そんな公也君を歓迎するよ。公也君が、欲しいんだ」

大井戸が先ほど見惚れていた彼女は、楽しそうに笑った。

自分なんかが演劇部に入っていいのだろうか。

演技したことなどまるでないのに、そんな自分が演劇部の——しかも主役などやり切れるのだろうか。

不安そうに見えた表情が三人の琴線に触れたのだろう。

三人はお互いを見ながら一度頷き——

三人同時に——大井戸に向けて言った。

「ようこそ、演劇部へ」

「宇佐美優芽、三年生。脚本と演出担当。人数足りないから音響も担当したりするよ。好きな食べ物はゴーヤーチャンプルー。よろしくね」

「篠田美鈴、です。三年生です。舞台担当です。人数少ないので照明やったり役者やったり、します。好きな食べ物はクッキーです。……よ、よろしく」

「舞谷愛里です！　役者担当だよ。手先が不器用だからそれ以外出来ないんだよねー。人数少ないから手伝いたいんだけど、これがなかなか難しい。クラスは違うけど同じ学年同士仲良くしよ。好きな食べ物はラーメン！」

「……大井戸公也です。二年生です。演劇のことは何もわかりませんが、よろしくお願いします。好きな食べ物は……特にないです」

「これにて自己紹介終了！　あとは休憩中とか部活後とかに仲良くなる感じで。早速練習始めるよ！」

　優芽が仕切り自己紹介が一分程度で切り上げられた後、「とりあえず基礎から始めよう」と優芽に言われ、まずはストレッチを四人全員で行った。

　演劇は基本的にマイクを使用しないため、体全体を使って声を出さなければならない。そのため、ストレッチをして体をほぐしておく必要があるのだ。

　演劇部に元々いた三人は柔らかかったが、大井戸は固すぎた。前屈で手がギリギリでしか付かないという始末である。

これから毎日やるように優芽から言われ、汗だくになりながら大井戸は了解した。

次に、滑舌練習というものを行った。

大井戸の左隣に愛里が並び、右隣に優芽と美鈴が順に並ぶ。

「私の後に続いて。ゆっくりでもいいから一音一音丁寧にね。いくよ。あえいうえおあおあいうえお」

愛里が綺麗な声を出す。

「あえいうえおあおあいうえお」

大井戸が後に続いた。

「……公也君、滑舌良いね」

愛里は軽く驚きの表情を見せる。

「ま、まだア行だしね。サ行とかハ行、あとはラ行とかが鬼門だから。次いくよ。かけきくけこかこかきくけこ」

「かけきくけこかこかきくけこ」

「……させしすせそさそさしすせそ！」

「させしすせそさそさしすせそ」

「速いのにすらすら言えてる……なかなか言いづらいサ行なのに……っ！」

「ちゃんと言えてるのかな。言えてればいいなって感じなんだけど」

「バリバリ言えてるよ！　ううぅ……下駄箱前で告白する時は噛みまくってたくせに……」

「今それ関係ないよね！」

二人のやり取りを見て優芽が快活に笑う。

「愛里は滑舌苦手だったからな。一年かけてようやく舌が回るようになってきたけどそれまで大変だったのは良い思い出だ」

「優芽先輩は黙っていてください！　はい次、タ行！」

滑舌練習は二十分続いた。その後、喉をあまり使わずに腹から声を出す発声練習を二十分し、最後に台本を渡された。

「『はるか遠くを眺める理由』。私の自信作だ。あー、部活終了時刻まであと……一時間ないくらいか。とりあえず、一度読んでみて。私たちはその間どういうスケジュールでいくかを話し合うから。地区大会は八月十五日。一カ月とちょっとくらいしかないから、スケジューリングをしっかりしとかないとねえ」

「ちなみに演劇って、カンペ見ながら台詞とか」

「そんなの無理無理。だからね、公也には一週間で台詞覚えてもらうから」

「うえっ！　この量を！」

「六十分間の内容だからなんとかなるよ。私らも手伝うからさ」

「台詞の暗記を手伝うって、どういうことですか？」

「公也が演じるシーンを、動きなしで台詞だけ言っていくんだ。勉強でやる暗記みたいな方法は必要ないよ。シーンごとに言えば言った分だけ覚える。そういうもんだからさ」

そう言って優芽は親指を立てながら安心感溢れる笑顔を見せる。

対して大井戸は不安げな表情を拭えなかったが、優芽はそれを見て「大丈夫、心配しないで良いよ」と言いながら大井戸の肩を叩いた。

「ちなみに、部員はこれで全員だから」

「え！　でもこの脚本、登場人物三人ですよね！　主人公の大宿古閑、ヒロインの泉花、ラスボスの管理局長！　僕入れないと三人ですよね！　裏方……えっと、音響と照明でしたっけ。それもやらなきゃいけないのにどうするつもりだったんですか」

「最悪全員役者で出て、裏方には顧問もしくは友人に助っ人を頼むつもりでいたんだよ」

「マジですか」

あっけらかんと言う優芽の言葉に衝撃を隠せない。

周りを見渡すと、愛里は申し訳なさそうな顔の前で両手を合わせており、美鈴は泣きそうになりながら大井戸を見て何度も首を縦に振っている。

人数的な意味で危機的状況だったのだろう。

突然やってきた自分が主人公に抜擢されるのにも納得がいく。

「いやーだからさ、公也が来てくれて助かったよほんと。まあそれでもまだ人数足りないんだけどねー。新浪先生に頼んでみるかー」

「はい？　何で新浪先生がそこで出てくるんですか？」

「あれ、聞いてないの？　新浪先生は、我が演劇部の顧問様だよ」

「んなっ！」

何てことだろう。

新浪は、大井戸の悩み相談をこなすついでに自分が抱えている問題も解決しようとしていたのだ。

それでも、大井戸には騙(だま)されたという感覚はなかった。

あったのは、新浪先生はちゃっかりしてるなあという軽い感動だけであった。

「ま、そんな訳で。忙しいし大変だと思うけど、私たちと一緒に良い作品作っていこう。目指せ、全国制覇！」

「はい！」

第三章　モテ期キャプター

大井戸がとにもかくにも女子に告白をするのではなくまずは自分を変える決意をしてから、半月が経った。

七月中旬。

もう少しで夏休みが始まろうとしていた。

「はいストップ」

そんな中、演劇部では、今日も優芽が演出として声を張り上げていた。

「何で止めたかわかっているわよね」

「……はい」

俯きながら大井戸は優芽の問いかけに反応した。その手にはもう台本がない。休日も含め、半月休みなしで台詞を言っていたおかげでいつの間にか台詞を覚えていた。体に染みついた感覚に近い。ちょっとやそっとじゃ忘れない自信すら出来上がっていた。

だから今は、台本なしで実際に演技をしている。

立ち稽古である。

台本を貰って三日ほどは椅子に座った状態で台詞の吐き方を主に練習していたのだが、時間がないということでそれ以降は体を動かして稽古をしていた。座った状態での稽古と違い台詞の吐き方を考えつつ、演じているキャラクターがどう動くのかをも考えないといけない。座った状態での稽古よりも格段に難しい、本格的な稽古が行われている。

「『はい』じゃわからない。ちゃんと理由を言って」

台本を持ちながら、大井戸に向けて静かに言う。

声色は荒立っていなかったが、大井戸は逆に怖かった。

ただ単に怒鳴られるだけの方がまだましである。

理路整然と怒られることほど恐ろしいものはない。

「……動きが不自然だったとか、ですか」

「『とか』って何よ『とか』って。ナメてんの？」

「いえ、そんなことは……」

「動きはよくなっているわよ。まだまだ及第点にも及んでないけどね」

「……ありがとうございます」

「でもね、表情が変わんないの。いつも能面だわ。つまりね、あんたは主人公大宿古閑にまだなりきれてないってことなのよ。ねえ、今、大宿古閑はどういう心情だと思う？」

「……えっと、悲しい、ですかね」

「一回休憩とろっか。もう一度考えてみて」

優芽はそう言うと立ち上がり、教室から出て行ってしまった。残されたのは意気消沈している大井戸と、そんな彼にどう話しかけようか少しだけ考えている愛里だった。

美鈴も残されてはいたのだが、「あの調子だと結構長いよね休憩……美鈴、舞台作業やんなきゃだから……」と言って教室から出てしまった。

しかしこれは大井戸とどう接すればいいかわからない気まずさから生まれた行動ではなく、正真正銘舞台作業の進行状況によるものである。

役者も時間が足りないが、舞台装置作りはもっと時間が足りない。何しろ舞台監督である美鈴が役者も兼任しているからである。ラスボス故に後半にしか出番はないのだが、舞台作業よりも役者をやっている時間の方が長いという現状であった。

こうして教室には大井戸と愛里だけになった。

——女子と教室で二人っきりという状況に、なった。

大井戸はそれに気づきつつも、なぜだかあまり胸が高まらない。

台本を握りしめる力が無意識に強くなる。

「そんなに気にしないでいいよ」

台本を持ったまま俯いている大井戸の肩に、愛里がポンと手を置く。

「こういう怒り方、優芽先輩の常套手段だから」

「そうなの?」

「うん。私もよくやられたなー。キャラの感情を理解しろって言われてもよくわかんないっての」

「そう、だよね。どうすればいいんだろう……」

「こういう時はね、台本握りしめて自分の台詞周りだけ読んでいちゃ駄目なの。そのシーン全体を見て、自分が演じる役がどんな状況にいるのかをイメージするといいかも」

「シーン全体をイメージ……。わかった、やってみる。ありがとう、舞谷(まいたに)さん」

「あーもう、名前で呼んでって言ってるじゃんかー。演劇部って男女関係なく名前呼びするところが多いらしいよ」

「いやぁ、なんか、慣れないというか、恥ずかしいというか。僕、名前で呼べるほど女子と仲良くなったことないし」

「お、じゃあさ」

大井戸の話を聞き、パァッと顔を明るくする。

「私が初めてってことになるのかな？　それってちょっと嬉しいかも」

「………」

その言葉を聞いて、不埒(ふらち)な想像をしてしまった自分が嫌になった。

というかこの子はわざとじゃないのだろうか。

「雑念が多いなぁ、僕は……」

「雑念？　何の？」

「何でもありません！」

慌(あわ)てて台本のページをめくり、台詞を読み耽(ふけ)る。取りつかれた雑念を振り払うかのように力いっぱいページをめくり、台詞をぶつぶつと呟いてみる。大宿古閑の台詞だけでなく、他のキャラクターの台詞も。シーン全体がキャラクターを作るのなら、自分が演じるキャラクターだけではなく全てのキャラクターを理解する必要があるのかもしれないと考えたからだ。

「人物像は、他の人物と関(かか)わることによって浮き彫りになる。優芽先輩が結構前に言ってたことなんだけど、なかなか真理突いていると思うよ」

大井戸の行動を見て何を考えているのか理解したのだろう。愛里は笑顔で大井戸の様子を見ていた。

見守っている、と言ったほうがいいのかもしれない。

いつからだろうかわからない。

二人の間には、気まずさというものがなくなっていた。

「舞谷さん。ちょっといいかな」

「名前」

「…………」

いきなりの名前呼びは大井戸には荷が重すぎた。

これまで女子とあまり接したことがない。

そんな大井戸に、愛里は笑顔をじっと向けている。

ここで苗字呼びに固執(こしつ)する方が意識してしまっている感じが出てしまうだろう。

覚悟を決めて、口を開けた。

「あ……」

「あ？」

「あ、いり、さん」

「はいどうぞ」

楽しそうに笑う愛里を見ながら深呼吸をし、大井戸は話を続ける。

「さ、さっきやっていたシーンってさ、大宿が管理局長さんに隠された真実を告げられるってところだよね。大宿が、実は街を守るための礎だったっていう」

「うん、そうだね。泉花の仕事は、街を管理することじゃなくて、大宿を街から逃がさないようにすることだったっていうことが明かされるシーンでもあるかな」

「だからさ、今まで僕は、誰も味方がいなくなって悲しいっていう感情で演技してたんだけどさ」

「うんうん」

「でもこれ、違うよね。それだけじゃない。今まで信じ続けていた街を守るっていう仕事。これが全て無意味だって知った……そういう無力感もあるの、かな。その上、信じていた泉花にも管理局長にも騙されていた。だから、まんまと騙されていた自分は何なんだろうっていう虚無感もある気がする」

視界が開けたような感覚が大宿を包んだ。

優芽が必要としていた感情は、これではないだろうか。

バッと顔を上げ右隣に座る愛里の顔を見てみると。

大井戸の予想と違い、何かを迷っているような表情であった。

「え？　もしかして違う……？」

「そうじゃないそうじゃない。ごめん、紛らわしくて」

愛里は慌てて両手を合わせて謝る。

「私が考える役者のスタンスとしてはさ、演じる個々人によってキャラの解釈って違うと思うのよ。だからその人の解釈にあまり口出しはしたくないなあって」

「な、なるほど」

「でもね、うん、良いと思う。私は良いと思うな、その解釈！」

「ありがとう！」

そう言って二人は笑い合う。

大井戸は、気持ちが軽くなった。

先ほどまで優芽にしごかれ憂鬱であったが、今では晴れやかですらある。悩んで話し合って得た解釈。これをぶつけたくなった。立ち上がり、台詞を発する。

「なん、で……どうして。嘘だって言ってくれよ、泉さん！」

「すみません、先輩。今まで黙っていて」

「そんな……こんなのってないよ……こんなのってないよ！」

大宿がこの台詞を言うと――

愛里はなぜか、次の台詞を言わなかった。

不思議に思って愛里の顔を見てみると、なぜだか呆気にとられている。

「どうしたの？　あい……舞谷さん」

「呼び方はあとでしっかり矯正してあげる」

「笑顔で言わないでよ……怖いよ……」

「そんなことよりも何よりも。うん、私、もっと演技頑張らなきゃだ」

「いきなりどうしたの」

「どうしたのって……そりゃ、あれだよ、演技頑張って、役者として花開きたいから。負けたくないんだ」

「何言ってんのさ、舞谷さんの演技に敵う人なんてそうそういないでしょ」

「……公也君ってさ、映画とかドラマとか好きな人？」

「藪から棒にどうしたの」

「いいからいいから」

「結構好きだよ。父親がマニアでね、録画したのを家族みんなで観てたかな。そのあとにストーリーのここがよかったとか役者のここがよかったとかずっと語り合ったりするよ」

「なるほどねー。うん、もっと勉強しよっと」

「……舞谷さんは役者を目指しているの？」

ひょんなことから出た台詞だったのだろう。突っ込んで良いのかわからなかったが、気になったものは仕方がない。半月前ならば質問できそうもなかったが、今の関係ならば許されるのではないだろうか。

わからない。

女子との距離の詰め方を知らない。

だから大井戸は、こんな算段をつけた。

関係性を壊さないように未だに発言を気にしている自分が腹立たしい。

「うん。話してなかったっけ？　私は、役者になりたいの」

対して愛里は、あっけらかんと言ってのけた。

それは彼女にとって夢を持つに至った理由であると同時に、彼女にとって重要な発言である。

「母親が役者でね。昔から母親が出演するドラマとか映画とか舞台とか見てたら、いつの間にか夢になっちゃった。よくあるパターンだねえ。我ながら単純ー」

「もしかして、舞谷友恵！」

「お、正解！　よく知ってるねー」

「そりゃ知ってるよ！　今期のドラマにも出演してるじゃん！」

目の前の女子は超有名女優の娘だった。

有名人の子どもを見たのは初めてだ。

思いの外興奮しそうになる自分もいた。それならば愛里の演技が素晴らしいものであることも納得がいく部分もあったからだ。ドラマや映画をよく観る自分でも魅了されるような演技を、愛里は披露することが出来る。

そこまで考えて、気になってしまったことがあった。

ピタリと止まり、若干神妙な表情でこう発言する。

「でも、そうなると大変だね」

「大変？」

きょとんとした顔で愛里は聞き返す。

「だって、二世タレントとして売り出されたくはないもんね。舞谷さんならそんな売り出し方されなくても有名になれるのに」

「………」

大井戸の言葉を聞き、愛里は俯いてしまった。

「え、ご、ごめん！　僕、何か傷つけるようなこと言ったかな」

「ううん、違うの。逆」

そう言って顔を上げた愛里は、嬉しいのか気恥ずかしいのか何とも言えない表情を浮かべていた。

「この話をするとさ、いつもお母さんのことばかり聞かれるからさ。私の心配というか、行く末を案じてくれたのは初めてだったの。だからちょっと戸惑っちゃった」

「そ、そうなのかな」

「うん」

そこまで言って愛里は前を向き、真剣な表情になる。

「お母さんが有名な女優な分、お父さんは主夫としてお母さんを支えているの」

「その関係性、無茶苦茶良いね」

「だよね。私もそう思う」

嬉しそうに頷きながら愛里は続ける。

「でも、お父さんは元々お母さんと同じ劇団に所属していたの。お母さんはとある舞台がきっかけで有名女優になれた。でもお父さんは鳴かず飛ばずで、役者の道を諦めたの」

その話を聞いて大井戸は二の句を継ぐことが出来なかった。

大井戸は何も知らない立場だが、役者として売れるには高いハードルがあるのだろう。

「……ここは黙ってるんだね」

「ごめん、何を言って良いかわからなかった」

「ううん、安易に何か言われるよりよっぽどマシ」

愛里はそう言うと、勢いよく大井戸の方を向いた。その表情は先ほどまでの真剣なもののまま、口の端をあげ、楽しそうにも見えた。

「だからね、私は役者を目指すの。私が大好きなお母さんと同じ道を歩みながら、大好きなお父さんの叶えられなかった夢を叶えるの。いつかテレビに出てこう言ってやるんだ。『私は、素晴らしい俳優である舞谷慎吾の娘です！』ってね」

「…………」

羨ましいなと、素直に思った。

こんなに純真に夢を語れるなんて、自分には無理だろう。

少なくとも、田宮に――『モテ期』に憧れている今の自分には到底無理だ。

「公也君は？　何になりたいの？　もしかして役者だったりする？　あ、そのために演劇部に入ったんだ！　なるほどー」

「いやいやいやいや」

楽しそうに喋り始める愛里に対して焦ってしまう。

「役者になろうと思ってこの部活入ったわけじゃないし、夢なんてないし」

「えー。じゃあさ、何でこの部活に入ろうと思ったの？」

その発言に、大井戸は固まってしまった。

きょとんとした顔で、愛里は大井戸を見つめる。

その顔が歪んでしまうのが怖かった。

――未だに大井戸は、部活に入ろうとした理由を演劇部のメンバーに言っていない。

演劇部の三名は皆、全国大会を夢見て全力を尽くしている。

そんな人たちに、自分の邪としか言えない目的を告げてもいいのだろうか。

――女子から嫌われる可能性が上昇するとかいう、そういったことは関係ない。

ただ単純に、演劇部の面々に失礼だと思ったからだった。

「…………」

でも、いつかは言わなければならないのかもしれない。

理由を伏せたまま、本心を隠したまま部活動に励むなど、それこそ失礼だと思ったからだ。

少なくとも愛里は、本心を語ってくれた。

だから大井戸は――口を開いた。

「……女子にモテるため」

「え？」

「自分を磨いて、女子から認められるようになって、女子にモテて女子と付き合うため！」

「…………ええ？」

唐突な発言に、愛里はポカンとしてしまった。「うぇぇぇぇ」という変な声が口から洩れる。

それは大井戸に引いているからではなさそうだった。唐突過ぎて話についていけないといったところだろうか。

そんな愛里の様子を、大井戸は真剣な表情で見ていた。言ったことに後悔はない。罪悪感はあったが、それよりも――自分の気持ちを真摯に告げられたという達成感が――今の大井戸を包み込むものだった。

「ごめん。こんな理由で演劇部に入って本当にごめん。でも、これが演劇部に入った動機なんだ。これだけは譲れない。だから言っとかないと駄目だって思った。……軽蔑する、かな。もしそうなら、僕は――」

「今は？」

「へ？」

　これまた唐突な愛里の発言に、大井戸は思わず呆けた声を出してしまった。

「演劇部に入った当初の最終目的はモテることだったんだよね。じゃあ、今は？　今はどうなの？」

「どうって……」

「モテたいっていう欲求以外にも、何かないの？」

「…………」

　そう言われて、なぜだか大井戸は何も言えなくなった。

　答えられなかったからではない。

　真っ先に頭に浮かんだものが、手元にあったから。

　戸惑いが生まれた。

　今の自分は、何がしたいんだ？

　――狼狽えている大井戸を見て、愛里は楽しそうに笑った。

「入り口は何だって良いよ。私は、今、公也君が演劇部にいることが嬉しいから」

「あ、ありがとう」

　純粋な笑顔を向けられて思わず台本に顔を向けてしまった。顔が真っ赤になってしまっていることが自分でもわかった。心臓の高鳴りがおさまらない。ただでさえ女子と接する機会は貴重だが、その中でも格別に嬉しい感情が体中をめぐっていた。

　愛里は、そんな大井戸のことなど気にもせず「そういえば、台本覚えられそう？」と話しかけてくる。

「優芽先輩は暗記する必要はないって言ってたけど、スケジュールがスケジュールだからねえ。来週から台本なしで演技って結構厳しくない？」

「そ、そそ、そうだね」

　先ほどまでそこそこ上手（うま）く動かせていた口が思うように動かせない。

　そんな挙動不審な自分を見て残念に感じているのではと思った大井戸はちらりと愛里を見たところ、相も変わらず屈託（くったく）のない笑みを浮かべていた。

　その様子を見て、ようやく愛里をまっすぐ見つめることが出来た。

「正直、そうだね、厳しいね」

「家帰ったら普段何してるの？」

「最近は勉強してる」

「え、普通にすごいね！」

「いやいや全然だよ。集中力ないから毎日三十分くらいしか続かないし」

「そうなんだ。……それならさ」

——大井戸と話している間、愛里はずっと笑顔である。

——その中でもこの時この瞬間が、最も楽しそうだった。

ずっと愛里の笑顔を見つめながら話していた大井戸には、なぜか、そう感じられた――

「今度一緒に勉強する？」

「へ？」

「嫌なら良いけど」

「いやいやいやいやいや！」

「嫌なんだ」

「嫌じゃない！」

「じゃあどうしたいの？」

「い、一緒に、勉強したい！」

「おっけー」

してやったりと言いたげな表情を大井戸に向けながら、愛里は楽しそうにこう提案した。

「じゃあ、後で日程合わせよっか。そうだ、公也君の連絡先教えてよ。待ち合わせしよ」

「うえええええ！」

「吐きそうになるほど嫌なの？」

「嫌じゃない！」

「じゃあどうしたいの？」

「連絡先、交換したい！」

「しょうがないなあ。部活終わったら交換しよ」

「……二人とも、良い面してんね」

いつの間にやら教室に戻っていた優芽が、先ほどまでとは打って変わり、ニヤニヤしながら二人の様子を見ていた。

こうして稽古が再開する。

優芽の評価は、「オッケー、及第点よりは上！」だった。

そう言われる大井戸の心境は、『今までの人生の中で最も楽しかった時間よりも上！』だった。

下校の時刻になり、家には直接帰らずに演劇部のメンバーで買い食いやお喋りをするのが大井戸の日常になっていた。

演劇部に入る前は一緒に帰っていたサッカー部エース田宮からは「女友達が出来たら男友達を切り捨てんのかよー。泣いてやるぞこん畜生ー」と責められた。

それゆえお互い部活がない時は一緒に帰っていたのだが、大会があと二週間もないという今では演劇部に休みはない。

田宮と喋りながら帰りたい気持ちもあったのだが、大井戸は女子三人男子一人というメンバーで下校をすることになっていた。

「ハーレムじゃんか！」

　演劇部に入る前では考えられない状況であった。

　一歩踏み出すだけでまさかこのような状況に身を浸すことが出来るとは。

「フフッ……フフフ……」

　我ながら気持ち悪い笑い方をしているなと思いながらも止めることが出来ない。

　それどころか小さくガッツポーズまでしてしまった。

　こんな簡単なことをせずに、今まで自分は何をしていたのだろう。

　——こんなことならば、一年生の時から何か部活に入っておけばよかった。

　女子と関わりたいのなら、女子がいる部活に入って楽しめばいい。

　男子が多くて女子と話すことが出来ないのならば、男子一・女子三の比率のように否が応でも女子と喋ることになる部活を探して入ればいい。

　選択によって、青春は大きく変容する。

　青春が終わった後にそれに気づいても、後悔しか残らない。

　けれども一度踏み出してしまえば、女子三人と一緒に買い食いすることも出来るし——休日に女子と一緒に勉強をするという展開も訪れる。

　愛里と一緒に勉強をする時間帯は、休日のどこかしかなかった。

　一緒に勉強をするといっても放課後は部活動があり、部活動が終わる時間帯には近くの図書館が閉まっている。

加えて平日はアルバイトのシフトも入っているため――必然的に休日しかなかった。

しかも休日にもアルバイトのシフトを入れている大井戸には、あまり勉強のためだけに充てられる時間はなかった。

『公也君って無茶苦茶忙しい人だったんだね。そしたら今週の土曜日十三時からはどう？』

連絡先を交換したその日の夜にスマートフォンに届いたメッセージだった。

というよりも、生まれて初めて女子とメッセージをやり取りしていることに気付いた。

学校以外の場所で女子とやり取りをするのも、スマホ上で文字だけのやり取りをするという経験も初めてだ。

「うおおお……なんだろこれ、なんか凄いな……」

少し前では考えられない状況に感動しつつ、『夕方くらいからアルバイトだけど良いかな』と返信した。

愛里は一言『大丈夫！』という返信とユーモラスな猫のスタンプを送ってくれた。女子が送ってくれるスタンプほど可愛らしいものはないなと思った。スタンプって無意味なものなのではと思っていたが全力で撤回した。大井戸も無難なスタンプを送り、既読がついたことによりやり取りが終了した。

そして、あっという間に約束の日時が近づいた。

＊

土曜日十二時三十分。

大井戸は図書館の前にいた。

「何だか無茶苦茶早く着いてしまった気がする」

そもそも女子と待ち合わせをすること自体が初めてのため、何分前に到着すれば良いのかがわからなかった。家で昼食を済ませてからとのことだったので、こちらが早く着いたとしても愛里が早く来ることはまずない。

それでも遅れてはいけないと思いこの時間に着いた。

図書館の前にベンチがあるためそこに腰掛けて台本を読み込むことにした。以前まではこういう場合スマホでネットサーフィンをして終わっていたけれど、暇（ひま）つぶしではなくやるべきことがあるという状態は良いものだとしみじみ感じた。

「あれ？　公也君？」

そうして自分のセリフとその周りのシーンを読み込もうとした瞬間、声をかけられた。

顔を見上げずとも誰から声がかかったか分かった。

「……早くない？」

驚きながらも率直に出た感想を述べた。

見上げると、そこには愛里の姿があった。白いワンピースに身を包んでいる。逆光も相まって輝いて見えた。

「お母さんが急に仕事入っちゃったから、昼ごはん、早めに食べ終わったの」

「そ、そっか。残念だったね」

「そうだねー。でも、その分公也君と早く会えたから良かったよ」

「……こちらこそ」

一点の曇りなくそう言ってくる愛里にどぎまぎしてしまう。普段制服姿しか見たことのない女子の私服姿を見るとなぜこうも緊張してしまうのだろうか。経験が全くない大井戸は台本を持ったまま固まってしまった。

「どうしたの？」

「な、何でもないよ！」

「そっかー。あ、それ、台本？」

そう言いながら愛里は何のためらいもなく右隣に座ってきた。いきなりの急接近により緊張してしまう。風になびく長い髪から心なしか良い匂いもしてきた。大井戸が信じられないほど緊張していることなど露知らず、愛里は「どのシーン読んでたの？」と台本をのぞき込んでくる。

台本は大井戸の手元にある。

その台本をのぞき込んできている。

即ち――愛里の顔が自分の顔の近くまで来ていた。

急接近している愛里の顔が否が応でも入ってきてしまう。

これまでの人生ではありえない距離感だった。信じられないと思いつつ心臓がはじけ飛びそうになるほど高鳴っていた。ここまで近いと自分の心臓の音が愛里に聞こえてしまうのではと思うほどだった。

女子に耐性がない大井戸は一瞬で限界だと思った。

「ま、舞谷さん！　演劇の練習もしたいけど！　今日は、べ、勉強もしたい！　勉強しよう！」

「お、真面目だねー」

聞きようによっては若干馬鹿にされているともとれてしまう言葉だろう。

しかし、台本から顔を上げて大井戸の方を見る愛里の笑顔からはそんな感情は読み取れなかった。

「じゃあ行こっか。一緒に勉強しよう」


とは言ったものの、大井戸の勉強への習慣づけはまだ完全なものになっていない。

加えて今いるここはかゆいところに手が届くラインナップを有する図書館であり――

左には、愛里という――女子がいた。

ちらりと横を見れば愛里が見える状態で勉強をしている。愛里は一心不乱に教科書とノートを見ているが、大井戸は愛里が何をしているか気になって仕方がなかった。真剣な表情の横顔に思わず魅入ってしまう。

こんな状況下で集中など出来るわけがない。

どうあがいても教科書よりも愛里が気になってしまう大井戸はほとんど集中できない状態で机に向かっていた。

「勉強、出来てる？」

「……そこそこ」

「おっけー。ひとまずこのまま頑張ろう」

「う、うん」

机に向かってからすでに三十分が経過していた。

普段家でする時にはここで集中が切れて勉強を中断している時間だ。それでも今は愛里が隣にいて勉強を一緒にしてくれているため中断することなど出来るはずもない。

――こんな自分のために舞谷さんは一緒に勉強してくれている。

――それならば、彼女の厚意に応えなければならない。

そう思って教科書とノートに向き合った。更に三十分程度経つ頃には、愛里という誘惑にも漫画という誘惑にもいつの間にか打ち勝っており、勉強に集中できていた。

シチュエーションが大切なのだろうか。

わからないが、自分は今、集中できている。

ようやく勉強に集中することが出来た。高校受験の時並みに勉強に向かい合っている気がする。このままどんどん勉強していこうと思った——

けれどもやはり、勉強に不慣れなせいかわからないところが出てくる。

ここで立ち止まって考えるのも良いが他の問題に取り掛かりたい気持ちもあった。

どうしようか悩んだ時に、ふと——『舞谷さんに教えてもらえば良いのでは』という考えに至った。

「いや、でも……」

勉強中に話しかけるのも気が引けるというのもあるが、それよりも何よりも、勉強を教えてもらうために女子に声をかけるという勇気を出せなかった。下駄箱前で告白は出来るくせに、こういうところで一歩踏み出せないこともあって彼女が出来ないのであろう。

どうしようか悩みながら、ちらりと右を見てみた。

——愛里が、こちらを向いて笑っていた。

「わからないところあるの？」

周りの迷惑にならないように小さくそう一言呟かれる。

全てお見通しなのだろう。大井戸が静かに頷くと、「それじゃあ教えてあげましょうー」と言いながら椅子ごと体を近づけてきた。

自習室ゆえに大きな声を出せない。

そのためほとんど体が触れる位置まで近づかれる。

図書館前のベンチで横並びに座ったときよりも近く、尋常じゃないほど心臓の鼓動が激しくなる。

「あー、この問題ね。確かに途中でつまるよね。でも、この公式を使えば」

ささやきに近い綺麗な声が耳元に向けて放たれる。

しかも触れる体は同じ人間のものとは思えないほど柔らかい。

「ちょ、ちょっと待って」

「なぁに？」

「…………ッ！」

そう問う声すら可愛らしく、大井戸は何も言うことが出来なくなってしまった。

ただただ頷くマシーンと化してまった大井戸をしっかり見ながら、愛里は優しく勉強を教えてくれる。順序立っていたので放心状態でも理解できるところが素晴らしかった。

その後も懇切丁寧に教えてもらい――刻一刻と時は過ぎていき――

「そろそろ休憩する？」

――愛里からの一言によって勉強は一旦中断となった。

自習室の時計を確認すると、机に向かってからすでに二時間が経過していた。

「三十分から一時間勉強すれば、あとは集中力が勝手に持続するらしいよ」

愛里と気分転換に図書館をぐるぐる回る中、小声でこんなことを言ってきた。

「中学校時代に教育関係の会社の人が講演しに来たんだけどね。最低でも三十分間は机に向かわないと勉強に身が入らないいんだってさー」

「え、そうなの？」

「そうそう。だから、最初の三十分くらいは集中できないものだと諦めて、その後に懸ける方が良いらしいんだよ」

「なるほど……」

思い返してみれば確かに納得できるところがあった。

大井戸はこれまで三十分で勉強を切り上げてしまっていたが、今日それを耐え切ってひとまず勉強を続けたら集中することが出来た。これからは最低でも一時間は机に向かうことにしようと思えた大井戸は、愛里の休憩に付き合うことにした。自習室を出て階段を降りようとする。

そこでふと、大井戸は疑問に思った。

効率的な勉強方法を教えてくれた愛里は、どれほど頭が良い人物なのだろうか。

「そういえばさ。舞谷さんって」

「名前」

「……あ、いり、さんって、前のテストで何位だったの？」

「うん、まあ良しとしましょうかー」

ギリギリ名前を言いきれた大井戸に対して満足げな表情を向ける。

「聞いて驚くなかれ。なんとね、二位だったよ！」

「クラスの中で？」

「学年の中で」

「えええええええええええ！」

信じられないくらい頭が良い人物が目の前にいた。

学年一位は、学年一のイケメンである田宮ということは以前本人から聞いたことがある。

その田宮の次に頭が良い人物ということになる。

「うそ、え、そうなの！」

「そうそう。もっと褒めて褒めて」

「舞谷さんが、そんな、意外過ぎる！　嘘だ！　何で！」

「あのね、あんまり過剰な反応はね、失礼にあたるからね」

「ご、ごめん。頭が悪いとは思ってはいなかったんだけど、良い方だとも思ってなかったから」

「公也君はね、だからモテないんだと思う」

「え、ごめん！　どこが悪かった？　直すから！」

「へー。すぐ直そうとする姿勢は良いんじゃないでしょうか」

「ありがとう。で、どこが悪かった？」

「教えなーい」

「何で！」

そんなやり取りをしながら二人は図書館の一階をゆっくり歩いて回った。

「ちなみに公也君、オススメの本、あったりする？」

愛里が本を物色しながら聞いてくる。

「漫画ならオススメいっぱいあるけど……」

「おー、教えてほしいやつー」

そう言いながら愛里は漫画コーナーへとすぐさま向かった。大井戸もその後をついていき、数作品紹介した。愛里はどの作品の紹介を受けても「面白そー」と反応し、ひとまず一冊ずつ借りようとしていく。

「だ、大丈夫？」

「私、読むの速いから」

「そうじゃなくて、この図書館って一度に六冊までしか借りられないんじゃなかったっけ？」

「あ、そっか！　駄目だごめん、漫画以外にも借りたい本あるんだよー」

そう言いつつも手元の漫画の中でどれを棚に戻そうとするか非常に悩んでいる。

自分がオススメした漫画に関してこれほどまでに悩んでくれていることが何ともむずがゆかった。このままだとずっと悩みそうだったので「ひとまずこれとこれがオススメかな」と助言をすると、愛里はすぐに「じゃあそれにする！」と言い、それ以外を元に戻した。

手元には三冊の漫画が残った。

見るからに重そうである。

「も、持とうか？」

こんなこと言っていいのかわからなかったが、つい見かねて発言してみた。

一瞬で驚きの色に染まった愛里はすぐに嬉しそうになりながらこう返事をする。

「ありがとう、これくらいなら持てるから大丈夫ー」

「そっか。ごめん、余計なお世話だった……」

「そんなことないよ、うれしいよ！」

「そ、それなら良かった……」

いらないことを言ってしまった感が大井戸からひしひしと出ていたからだろう。

愛里は見るに見かねて、こう提案した。

「じゃあ、漫画は私が持つから、公也君はいまから選ぶ本持ってくれる？」

「うん！　持つよ、全力で持つよ！」

大井戸は先ほどまでの暗い表情から一変し、ぱぁっと明るい笑顔になった。

そのわかりやすい変化を見て、愛里はなぜか自分まで嬉しい気持ちになった。

「助かるよー。どうしても借りなきゃいけない本があってさー」

「ちなみに何を借りるの？」

「イベント集みたいなやつかな」

「何それ？」

「演劇部の地区大会もあるけど、文化祭も地味に近いじゃん？　文化祭実行委員だからさ、色々案を練らないとなーと思って」

「文化祭実行委員もやってるの！」

「役者目指すなら今のうちに色々経験しておきたいからねー」

演劇部も頑張っていて、学年で二位の成績も誇っている。

田宮を真似して大井戸も頑張ろうとしていることを、愛里がすでに達成してることに驚いていた。

ここでまた疑問が生じてしまった。

今日愛里と出会ってから、自分は緊張しっぱなしだった。

上手くコミュニケーションをとれた自信がない。

自分をそんな風にさせる愛里は――「もしかして、『モテ期』に入ってる？」

「へ？　ううん、入ってないよ。今は」

「今は！　じゃあ昔『モテ期』に入ったことがあるの！」

「うん。去年かな。文化祭実行委員してるときに入ったよ」

「…………」

絶句してしまった。

『モテ期』は理論上、男女平等に誰もが入る。

これまで『モテ期』に入ったことがある女性とは新浪としか話したことがなかったため、かなり興味を持ってしまった。しかし、他人の――しかも女子の『モテ期』中の話を聞いてしまって良いのだろうか。シンプルに失礼に当たらないだろうか。

「もしかして、『モテ期』中にどんな感じだったか気になってる?」

心中でもだえていたら愛里の方から水を向けられてしまった。

取り繕うことも出来たが、興味の方が勝ってしまった。

「……うん」

「そっかー。私の『モテ期』なんてどうでも良いと思うけどなー」

「ちなみに、彼氏、できたの?」

「ううん、出来なかったよ。というか出来たことないよ」

「そ、そうなんだ」

——どこかほっとしている自分に、気づかないふりをした。

これは仲良くなった女子だから芽生えた感情なのか、愛里だから芽生えた感情なのか——大井戸にはわからなかった。

「告白はしてもらったけどねー」

「え、そ、それなのに、どうして!」

「断ったんだよー。正直恋愛云々どころじゃなかった時期だったしー。役者目指すなら恋愛にどっぷりつかってみたい気もしたけど、ピンとくる人じゃなかったしなぁ」

『モテ期』に入ったところで、その時期が忙しかったら先延ばしにしてしまうことがあるのか。

喉から手が出るほど『モテ期』に入りたい大井戸には全く理解できない心理だった。

でも、どうなのだろうか。

例えば期末テストが間近だったり——コンビニバイトの忙しさがピークだったり——演劇の地区大会間近だったりしたら——

自分は、『モテ期』に入ったとしても断るのだろうか。

少し考えてみて、「それはないな」と刹那(せつな)で結論付けた。

何よりも最優先は、彼女を作ることだ。

彼女がいればどんなに忙しくても楽しいだろうし、一緒にその忙しさを乗り越えていけば良い。

少なくとも——今目の前にいる人とだったら、何だって乗り越えられる気がした。

「公也君、何か考え事してる？」

「そ、そそそそそそそそんなことないよ！」

「サ行の滑舌(かつぜつ)、無茶苦茶良いよね。羨ましい」

「こんなことで羨ましがられても！　あ、演劇、演劇ね！　この図書館、演劇の脚本もいっぱいあるよね」

「そう！　そうなの！」

取り繕うように言った一言に無茶苦茶食いつかれてしまった。鼻と鼻がぶつかるくらい近くに寄られる。視線をどこに向ければよいのかわからなくなって下に向けてみるとワンピースの襟(えり)ぐりの内側が見えてしまった。

胸元に何か柔らかいものが当たっていると思った原因が視線の先にある。着やせするタイプなんだなあと思ってしまった自分の顔面をすぐさまぶん殴りたくなったが、この状況下において大井戸自身から動くなんてことは到底できなかった。

「ちょ、待って！　舞谷さん落ち着いて！　大変なことになってる！」

「大変なことと言えばね、この図書館、演劇の脚本が市内随一の収蔵量みたいなの！　私のおすすめの脚本沢山あるから六冊借りていこう！」

「僕の貸出制限分を脚本で埋めるの！」

「これほどまでに幸せなことはないよね！　よし、行こう！　善は急げ！」

「べ、勉強しようよ。今日の主目的は勉強だよ！」

「まずは『高二病患者の暴挙』だね。一人の高校生が何でもできる超能力を得てしまうところから始まる群像劇なんだけど」

「あれえ、聞いてくれない！」

演劇が絡むと愛里はそれ以外のことを考えられなくなるということを知った。

しかもあろうことか愛里は、大井戸の右手を握って早歩きし始めた。

意外と小さな手で、とても柔らかく、とても温かかった。

それは大井戸にとって初めての経験で、沸騰するのではないかと思うほどに全身が熱くなり、それに従って手も熱くなっていく。

何だこれ。

どういう展開なんだこれは。

脚本コーナーにたどり着いても愛里は握った手を離さない。こちらから握り返す勇気は全く出ない。それなのにずっと手が繋がれているということは愛里からずっと握ってくれているのだろう。一心不乱に脚本を紹介したくてたまらないという状態に違いない。マシンガンのように放たれるトークが大井戸の耳にはほとんど入ってこず、いつの間にか六冊の脚本を借りていた。

「ご、ごめんね、いっぱい借りさせちゃって。重くない？」

ようやく我に返ったのだろう。愛里は大井戸が手に持つ六冊の脚本を見て満足げに頷いた後、申し訳なさげにこう言った。

「舞谷さんのオススメを知れて良かったよ」

「申し訳ないから呼び名についてのツッコミはやめるけど、バイト行くのに邪魔じゃない？」

「これくらいならロッカーに入るから大丈夫」

「そっか。良かった。読み切れなくても良いからね。ゆっくり読んでね」

「う、うん。読んだら感想送る」

「本当！　楽しみにしてるね！」

正直なところ、読める時間がとれるかどうかはわからなかった。

けれどもこんなに嬉しそうな愛里を見ると、何とか時間を作って読むしかないと思った。

「舞谷さんって帰りはどっち方面だっけ」

「公也君のバイト先とは逆かな。私、自転車だし、名残惜しいけどここでバイバイにしよっか」

「そ、そうだね。また学校で」

「うん、またね。バイト頑張って！」

「う、うん！」

愛里は自転車にまたがると颯爽と帰っていった。姿が見えなくなるまで大井戸は待っていると、信号待ちのところでちらりと愛里がこちらを見た。大井戸の姿を確認した瞬間に大きく手を振ってくれる。大井戸も合わせて大きく手を振り、姿が見えなくなるのを待った。

「……バイトの休憩時間で脚本読むか」

コンビニに向かう足取りは、これまでで一番軽かった。


「楽しかったなあ……」

「小声で言ってるつもりかもしんないけどバッチリ聞こえてるからね。鬱陶しい」

「うおあっ！　ごめん！」

いつの間にか隣に立っていたメガネをかけた女子――大柳桜子が大井戸の顔を見ずに悪態を吐いていた。

どうやら思っていたことを口に出してしまっていたらしい。反省し恥ずかしくなりながら、誰もいないコンビニにて大慌てで業務をこなそうとした。

現在午後八時。

この時間になるとこのコンビニでは、雑誌の立ち読みをする人くらいしか来なくなる。時間を確認し、売れ残りの新聞を回収する時間にはまだなってないなと考えた大井戸は、次にホットケース内の商品の廃棄時間を確認する。

しかし全て大柳が終わらせていた。

大柳を見ると、ハッと鼻で笑われた。本来ならば仕事をしてくれてありがとうと言いたいところだが、この顔を見ると言いたくなくなる。

自分は大柳から嫌われているらしい。

ファーストコンタクトの段階で気づいたことではあったが、それにしたって異常だった。

平日は部活の後に家で夕食を摂り、勉強を一時間してから午後九時からのバイトをするというハードスケジュールに倒れそうになっていた。

レジ打ちやホットケースの廃棄など失敗続きだった大井戸だったが、毎日バイトに入るので段々とコツをつかんでいき、研修バッジを一週間もかけずに外してもらう結果に相成った。

優しげな店長は喜び、「深夜も入ってくれればもっと助かったんだけどなあ。高校卒業してからもここで働いてくれるかな、大井戸君」とまで言ってくれるほどである。

褒められれば人は成長しようとする。

そのためには、まず褒められるような状態に自分からならなければならない。

そのことを、大井戸は実感することが出来た。

女性から褒められモテるようになるためには、まず自分から成長しなければならない。

「ほんっとトロイよね、あんた。辞めれば？」

そんな大井戸を、この半月、大柳はとにかく目の敵にしている。

なぜここまで自分が嫌われているのかが理解できない。

「大柳さん……一時間に一回は『辞めれば？』って言うのやめてくれないかな……」

「耳障りなの？　じゃあ辞めれば？」

「もうほんと、なんなのさ……」

ずっとこの調子ならばいい加減慣れてくるものだが、そうはいってもやはり罵倒されていることには変わりがない。

加えて大柳は後輩女子で――どの女子よりも綺麗な外見だった。

小柄ながらも出るべきところは出ており、引き締まるべきところは引き締まっており、スラリと伸びた脚が素肌のままさらされているせいで目のやりどころに困るほどであった。肩まで伸びている黒髪は艶がかっている。メガネをかけマスクをしているが、それはコンビニ内だけであり、一度バックヤードにて帰宅準備をしていた時に見た彼女のキリっとした素顔は目に焼き付いて離れなかった。うっかり惚れてしまいそうになったほどだった。

そんな彼女に罵倒されることは、モテようと自分磨きをしている自分を否定されているような気がして心底傷ついていた。

仕事に関しては大分慣れた。

同僚には、未だ慣れない。

「どうしてそんなに僕を辞めさせようとするのさ」

「キモイから」

「今いきなりとんでもないことを平然と言われた気がするんだけど気のせいだよね」

「キモイから」

「マジか……。ぼ、僕のどこがキモイのさ」

「存在」

「………」

取り付く島もないとはこのことなんだなと泣きそうになる。

しかし、ここでへこたれてはいけない。

女子からモテるようになるために、女子から嫌われている状態は避けなければならないのである。

「そ、そんなことないでしょ。部活内では平凡な男って評判だよ」

「『下駄箱前で告白する二年生』が何言ってんの?」

「おっしゃる通りでした!」

ぐうの音も出なかった。

冷淡な瞳を一切大井戸に向けることなく、大柳はとにかく『辞めれば』を連呼する。

存在が気持ち悪いと言われるほど、自分は彼女に何かをしただろうか。

仕事は一応こなせている。今日のように助けてもらうことはあるが、最近ではこちらから助けることもしていた。だから、業務面ではそれほど嫌悪感を与えていないと思う。

「じゃあ、残るは……」

「ブツブツつぶやかないでよ気持ち悪い。辞めれば？」

「三十分以内に三回目は最短記録かな！」

「へぇ。辞めれば？」

「記録更新！」

「はぁ。ほんとにあんたって気持ち悪い。……ズルい」

「ズルいって何がさ！」

「うるさい黙れ」

「もう命令口調だもんね！　ここまで来ると笑っちゃうよ！　笑っていいかな！」

「辞めれば？」

大井戸の抗議を聞いて、大柳はクスリともせずに、なおも目を合わせようとしない。

大井戸はため息を吐くしかなかった。

もういっそのこと休みたいくらいの精神的ダメージではあったが、それでもバイトは続けなければならない。目の前に置かれたアイスクリームとジュースをそれぞれ三点ずつバーコードを読み取りながら、「合計で九百五十円になります」と言った。

「あれ？　公也じゃない？」

いきなり名前を呼ばれて前を向くと、そこには見知った顔があった。

——宇佐美(うさみ)優芽。

演劇部の部長で、脚本・演出担当でもある。

そんな女性がラフな私服姿に身を包んできょとんとした表情をこちらに向けていた。

まさかバイト中に知り合いに会うとは思ってもみなかった。

「先輩……奇遇ですね……」

「あんた、ここでバイトしてるの？」

「ま、まあ」

「いつから始めたの？　前？　後？」

それほど長い付き合いではないが、稽古中に散々しごかれているため、優芽が何を言いたいのか瞬時にわかってしまった。

——部活を始める、前か、後か。

鋭い視線をこちらに向けている。大柳の視線も鋭いがそれとは比較にならないほどだ。なんというか、凍て(い)ついている。高校三年生の女子生徒がこれほどまでの眼力を得られるものなのだろうか。

それだけ優芽が、演劇部に本気なのだと思った。

「……前、です」

「なお良し」

てっきり「なら良し」と言われたのだと思ったけれどもそうではなかった。

なお良し、だ。

何に対して『なお』なのだろうか。

「優芽先輩、怒ってます？」

「何言ってんのよ。主役頑張ってくれてる公也がバイトしているなら、それ相応の理由があるってことでしょう？　だからバイトしていることに怒る権利なんてないし、入部より前に始めていたのならなおさら良いわねって話よ」

両腕を組みながら、「早く袋に詰めなさいよ」と顎の動きだけで示してくる。感情表現が器用な人だなと思いながら大井戸は急ぎつつ丁寧に商品を袋に詰めた。優芽にアルバイト——ひいては部活動を始めた理由を正直に告げたらどうなるのか、とんでもないレベルで怖くなった。

「九百五十円ちょうど、お預かりします。スプーンはいくつ入れましょうか」

「三つでお願い」

「三つ？」

数字に違和感を持って再度前を見ると、優芽の後ろに一組のカップルがいた。

お互いを見つめ合いながら二人だけの世界に入っている。その後方には誰もいないことから、このアイスとジュースのそれぞれ二つ分はカップルのものということがわかった。

休日の夜に二人の仲を深めていく。こういう生活を直視して、改めて——羨ましいなあと思った。

いつか必ずこういう関係性を誰かと築いてみせる！

そのためには人間関係きつくてもアルバイトを続けよう！

と、ここまで一気に思った後——視界に映る三名の関係性が見えなかった。

優芽とカップル。

レジにはジュースとアイスが三点ずつ。

代金を支払ったのは——優芽だった。

「先輩、まさか、たかられているんですか！」

導かれる答えは一つしかなかった。

もし本当にそうだとしたら、後方のカップルに憧れを抱いた自分を罰したかった。尊敬する先輩を無下に扱うような輩（やから）を許すわけにはいかない。今からでも袋に入れるスプーンを一つだけにしようか悩み始めた時に、優芽は、「アハハハハ！」と笑った。

「何言ってんの。私がそんなタマに見える？」

「滅相（めっそう）もございません！」

「むしろ逆よ。私があの二人にたかってるみたいな状況よ」

「へ？」

言っている意味がよくわからなかった。

深く追及したいところだったが次々と客が列に並び始めてしまった。大柳が対応できないかと思い、左隣を見てみると、たばこワンカートンをレジ打ちしながらこちらをにらみつけている。先輩と楽しく喋っていて申し訳なさを感じながら、次の客の対応に入ることにした。

「それじゃ、またね」

「あ、ありがとうございました！」

優芽は二人のカップルを連れながら早々に立ち去って行った。どういう繋がりなのか無茶苦茶気になったが、それよりも今はアルバイト中だ。目の前の客に向き合うことを優先しなければならない。

「いらっしゃいませー」


何とかシフト終わりの午後九時まで乗り切ることが出来た。

大柳もシフト終わりが同じ時間なのだが彼女は絶対に先に帰る。大井戸と一緒に帰ろうという気はさらさらないようだった。夜も遅く辺りも暗いので、下心なしに送っていきたいのはやまやまだが彼女にその気がないためずっとこの状態だった。

店長にこのことを伝えてシフトが被らないようにお願いをしているのだが、「ごめんねー人手が足りないから融通が利かないんだよねー」という返答しかもらえなかった。

「アルバイトを続ける限り、ずっとこの精神状態が続くのか……」

肉体的には慣れたのだが精神的には慣れる気配がない。

何とかならないかと思いながらため息をついてコンビニの外に出た。

「お疲れ様」

コンビニの前に、優芽が立っていた。

手には先ほど——と言いつつも一時間前にはなるのだが——購入していたジュースと冊子を手に持っている。

「……なぜ？」

「さっき一緒にいた二人に聞いたらさ、アルバイトのシフトって三時間単位らしいじゃない。高校生が十二時までアルバイトするわけないし、一時間なら台本読みながら待てるかなあってね」

持っている冊子が台本なのだろう。大井戸のも、もちろん愛里のもかなり読み込まれてぼろぼろになってはいるが、優芽の台本は二人のそれを遥かに凌駕していた。それほどまでに演出に力を入れているのだろう。

「何で待っててくれたんですか？」

「友人らを二人きりにしたかったのと、説明の途中だったから」

「説明って？」

「何か勘違いしてたでしょう？　あの二人に私がたかられてるって」

「あ、そうそう！　そうですよ！　何ですかあの二人は！」

「私のために怒ってくれるのはありがたいけどね、二人のことは悪く言わないでよ。大事な友人で、今ちょうど幸せな時期なのよ」

柔らかい微笑みを浮かべながら、淡々と優芽は述べていった。普段きつめにおこられてばかりのため、こんな表情をする時もあるのだなと若干見惚れてしまう。

「疲れてんの？　ぼーっとしてるんじゃないわよ」

「ご、ごめんなさい……」

「帰り道、どっち？」

「あっちです」

「お、私と同じ方向だ。一緒に帰りながら話そうか」

そう言うと優芽はジュースを飲み干し、キャップとラベルを分けた上でゴミ箱に捨てた。律儀な人だなと思いながら、この分別はこれから自分もしていこうと心に決めた。

素直に良いなあと思った他人の行動は即座に真似していく。

田宮の件から学んだことであった。

大井戸と優芽は隣り合わせになって歩き始める。

「結局、あのカップルと先輩はどういう関係なんですか」

「ざっくり言うとね、さっきまで仲良し三人組だったのよ」

「そりゃ仲良しではあると思うんですけど……」

「それがね。今日の午後六時くらいに、カップルとその友人Aになったってわけ」

「……どういう意味ですか？」

「察し悪いわねー。自分で言うのもあれだけど、私とは大違いよ本当に」

快活に笑いながら、優芽はしれっとこう言ってのけた。

「私があの二人をくっつけたのよ」

「え、そんな流れがあったんですか！」

カップルが二人だけの世界に入ったり、優芽を一人置いて帰ったりすることにも合点がいった。

今日、あの二人は、付き合い始めたのだ。

——他ならぬ優芽が仲を取り持つことによって。

そういえばレジ前で優芽は財布からではなく、手の中にあった現金をそのまま出していた。今思うとあのカップルは優芽に感謝の印としてアイスとジュースをおごった形なのだろう。優芽が代わりに払っていたのは、おおかた優芽が自分たちだけの世界にいる二人に気を遣ったというところか。

「何をどうしたら三人で行動している中で一組カップルが生まれるんですか！」

「行きたいところの希望をそれぞれ聞いて——合致するところだけを私が提案して——散々盛り上がった後、夕食時に私が席を長時間離れればイチコロでしょうが」

「す、すごい……」

何だこの先輩。

恋のキューピッド的な振る舞いが出来るのか。

「というか、何で先輩がそんな役回りを」

「昔から誰が誰を好きになっているとか誰と誰が付き合っているとかわかっちゃう性質でねえ。そんなことばっか言っていたらいつの間にか恋愛相談受けるようになってたのよ。最近は下級生にも相談されることも多くて大変よ」

「にしたって三人で外出する必要はないんじゃ」

「二人ともに頼まれちゃったら断るわけにもいかないでしょうが」

稽古の時には鬼にすら見えていたのに、今では聖母にしか見えなかった。

この人は優しさの固まりなのか。

「その優しさを稽古中にも見せてほしい……」

「何か言った？」

「何でもございません！」

「まあ、今の失言はなかったことにしてあげる」

しっかり聞こえているところも含めて察しが良いということなのだろうか。

何にせよ優芽が人間関係の機微を察知するのに長けているとともに、無茶苦茶人が好いこともわかった。

ここで大井戸の心中に生まれたのは——ただ一つの疑問だった。

「優芽先輩」

これを聞いてしまうと同時に、大井戸が演劇部に入った理由がばれてしまうだろう。

それでも質問しないという選択肢はない。

今大井戸が取り組んでいる努力が無駄になるかならないかの瀬戸際だった。

それくらいの覚悟をしてでも、聞かなければならないことがあった。

決意をもって——大井戸は言葉を紡いだ。

「誰かと誰かをカップルにするときに、『モテ期』に入らせたことはありますか」

その一言だけを聞いて、優芽は「なるほどねぇ」と呟いた。

「だから高校二年生にもかかわらず部活動を始めようと思ったわけだ。あ、もしかしてアルバイトを始めたのも最近だったりする？」

「一言一句違わずおっしゃる通りです」

「部活よりもアルバイトの方が先だっていうのは？」

「あれも、本当です。まあ正直数日程度の違いしかないんですけど……」

「アハハハハ。そこで正直に言っちゃうところが公也の良いところだと思うよ」

楽しそうにひとしきり笑った後、優芽は話を続ける。

「そうだねえ。私は、『モテ期』にはしないで付き合うようにしむけることが多いわね」

「それって上手くいくものなんですか？」

「もしかしてあんた、『モテ期』に入らなきゃ誰かと付き合えないって思ってる？」

「だってそうでしょう！」

「あ、そっか。『下駄箱前で告白する二年生』だったらそう思うのも仕方がないか」

ぐうの音も出なかった。

説明するまでもなく全てを的確に解明していってしまう。

「『モテ期』に入ってからの告白の方が確実なのは間違いないわよ。でもね、人生に三回しか来ないっていう『モテ期』に入れさせちゃったら、その後の人生の責任まで負わなくちゃいけなくなるじゃない。そこまでは私もごめんだし、三回しかない『モテ期』に入らせないでカップルになってもらえるなら、そっちの方がベターでしょうが」

「確かに、そうですね……」

「だから私は誰かを『モテ期』にさせようとしたことはないし、その方法も知らない。そんな方法知っていたら学者になれるって」

優芽の言う通りでしかなかった。

本来であれば『モテ期』に入る方法を聞きたかったが、出鼻をくじかれた気分だった。

「申し訳ないわね、期待に添えなくて」

優芽は大井戸が何を本当は質問したかったのか察しているのだろう。

だから優芽は若干申し訳なさそうにしている。

「代わりに、あんたが今好きな人がいるなら仲を取り持ってあげるわよ。あ、もしかして、一緒にバイトしていたあの女の子?」

「いえそれは一〇〇パーセント間違いなく圧倒的に絶望的にないです」

「想定の百倍否定されたわね……」

仲良くなりたいとは思うが、それは恋愛的にではない。

そもそもあれほどまでに嫌われていて好きになるような男はいないだろう。いるとするならば相当なマゾヒストだ。

「え、だってあの子、うちの生徒よね？」

「そうですよ。メガネもマスクもしている状態でよくわかりますね」

「何かあの子、見たことあるというか、話したことがあるのよ……誰だったっけな……」

「恋愛相談でも受けたんじゃないですか？」

「そうだとしても一週間で十件くらい受けているから、誰だかわからないわよ」

「一日一件以上こなしてるんですか！」

「成功率五〇パーセントなのが申し訳ないところなのよ」

「一週間で五組カップル作ってるんですか！」

もうそれは演劇の演出よりも優れた能力なのではないだろうか。

『モテ期』に頼るよりも優芽に頼った方が良い気がしてきた。

「公也はひとまず彼女が欲しいんでしょう。それならこれまで通り『モテ期』に入る努力をした方が良いと思うわよ」

「おっしゃる通りですありがとうございます！」

何もかも先手を打たれながら、大井戸は優芽を家まで送っていった。

＊

「最近どうなんだ。何やら大変そうじゃないか」

翌日、昼休み。

昼食をいつものように八重樫と摂っていた。

大井戸は母親手作りの弁当で、八重樫はコンビニで買った焼きそばパンである。

人気漫画雑誌における看板作品の今週における展開の凄さを語り合っていた最中、ふと思いついたように八重樫が大井戸に聞いてきた。

「演劇部に勉強にコンビニバイトだったか。よく続くな。ボクだったら一週間も経たずにどれかを切り捨てているぞ」

「まあそれぞれ違う大変さはあるけど今のところなんとかなってるかな。学校と家とコンビニが近いおかげで割と寝る時間も取れてるし」

「大井戸がえらいのは、そんな凄まじいスケジュール立てておいて授業中一切寝ないところだ」

「正直綱渡りだけどね。僕がバイトしているコンビニが休憩時間に関して理解あるのが結構助かってるかも」

「というと？」

「休憩とりたくなったら客と店員の状況を見てとりなさいっていうスタンスでね、三時間しかバイトしないのに休憩させてくれるってなかなかないっぽい。お客さん全然いないし、立ち読みも店長判断でオーケーになってるし。あれでお金もらっていいのかなってレベル」

「ほー。そうなのか」

ふむふむと頷き、八重樫は焼きそばパンを一口頬張る。

「それじゃあコンビニはそれほど大変じゃないのか。演劇部は練習が辛いという話をよく聞くからな」

「ははは……コンビニもきついよ……精神的に……」

「精神的に？」

「何でもない」

不審に思った八重樫がじっと見つめてくるが、大井戸は気付いていないふりをして弁当のから揚げを一口食べた。相変わらず美味しい。

——この唐揚げのおいしさのようにずっと変わらないものもあれば、変わってしまうものもある。

目の前の八重樫は後者だろう。

半月前とは比較にならないほど、痩せ細っていた。

「八重樫君も大変そうだね」

聞こうか聞くまいか迷っていたが、恐る恐る尋ねてみる。

「尋常じゃないくらいにガリガリになってない？　やっぱりブラスバンド部が原因なの？」

「あぁ……その話はやめてくれ……部活時間外がオアシスなんだ……オアシスを砂で埋め立てないでくれ……」

「ご、ごめん……」

想像以上に深刻そうであった。

いつもは自信ありげな八重樫がこの話題になった途端にシュンとしてしまう。

何か力になれることはないだろうかと考えてみるが、相手は『モテ期』真っ只中の女子高生だ。『モテ期』に入るために絶賛奮闘中の自分なんかが相手になるわけがない。しゃしゃり出ようものなら、あえなくその子の虜になってしまい物の役にも立たないだろう。

最悪、八重樫と敵対してしまうかもしれない。それは何としてでも避けたかった。

ここまで考えたところで、大井戸は気付いた。

今現在、ブラスバンド部には八重樫の味方になり得る男子が一人もいないのではないだろうか。

八重樫は、一人で、先刻聞いたあの惨状をどうにかしようと踏ん張っているのではないだろうか。

「八重樫君」

たまらず大井戸は声を張り上げていた。

「辛かったら何でも言って。出来る限り相談に乗るから！」

八重樫は一瞬驚いた表情を見せたが、「お前って奴は」と言うと、心底嬉しそうに笑った。

「……ありがとう、大井戸。その気持ちだけでもありがたい。本当にまずい状況になったら真っ先にお前に相談するよ」

「うん、そうして。全力で手伝うから！」

二人は笑い合い、昼食を食べ進める。

——しかし。

実際問題、どうしたらいいのだろうか。

『モテ期』の力を思う存分発揮している女子高生。

そんな存在を相手にどう立ち向かえばいいのだろうか。

大井戸のように女子からモテた経験がない人物が挑んでも返り討ちにあうだけ。八重樫のように特定の女子のみ興味がある人物は、ストライクゾーン以外の女子の『モテ期』の影響を受けないが、『モテ期』中の女子に影響を及ぼすことが出来ないことに変わりはない。

じゃあ、誰がいる？

誰がこの問題に対処すれば、解決できる？


「困っていたのか。どうりで最近痩せていると思ったぜ」

教室後方の扉のあたりから声がした。

その声の主は、ここしかないというタイミングの登場で、その場の雰囲気を全てさらっていった。

学校全体にまで及ぶモテ期力を誇る『モテ期』真っ盛りの男である。

今付き合っている彼女以外には誰とも付き合わないと公言し、二股など許さない誠実な人物。

――サッカー部エース、田宮雄一だ。

「水臭いじゃあねえか。話、聞かせろよ」

千両役者という言葉はまさにこういう時に使うのだと大井戸は実感した。

確かにこの男ならば、なんとかするかもしれない。


作戦会議は十分もかからずに終わった。

「その女子を俺に惚れさせればいいんだろ？　それくらいなら出来ると思うぜ」

説明に九分。

残りの一分で、究極的な解決策を簡単に言ってのける田宮だった。

あまりの堂々っぷりに啞然としてしまう大井戸と八重樫がそこにいた。

「待て待て待て待て」

八重樫は、そんなことが可能かと、田宮の発言に疑問を呈する。

「簡単に言うがな、実際問題難しいだろ。青春時代＝『モテ期』な田宮にしたって、相手が

『モテ期』ならモテ期力の差によっては田宮の方が惚れてしまうかもしれない」

「その後輩ちゃんのモテ期力はどんなもんなんだ？」

「ブラスバンド部のほとんどの男子を魅了するほどだ」

「あーじゃあ大丈夫だ。だって俺、他校生も含めた規模のファンクラブあるもん。会員ナンバー四桁に到達したのだってずっと前だぜ」

ドヤ顔でもなんでもなく、涼しい顔で平然と言うから始末に終えない。

本人は悪気がないんだろうが周りからするとタチの悪い冗談にしか聞こえなくなってしまう。けれども事実だから仕方がない。大井戸はこういった田宮の発言の真意を理解していたので苛立ちはしなかった。

苛立ちはしない。

ずかずかと歩き、無言で肩をぶつけて終わりである。

「痛って！　俺何かしたか！」

「別に」

「無茶苦茶声低いじゃねえか！　えええ……なんかスマン……」

「理由をきちんと明確にしてから謝らなきゃ謝罪の意味はないと思うよ」

「何で怒ってんだよ」

「田宮君には関係ないよ！」

「じゃあどうすりゃいいんだ！」

「まあまあ二人とも落ち着こう」

大井戸と違い田宮の言動にも冷静さを崩さない八重樫は、騒がしい二人を止める。

「とにもかくにも、だ。よくよく考えてみると、田宮の案はかなり成功率が高いかもしれない。やってみる価値はあるとボクも思った」

「えぇ？　そう？」

未だに荒々しい口調で大井戸は八重樫に聞く。

「その女の子が、田宮君の『モテ期』が通用しないほど、誰か凄く好きな人がいたらどうすんのさ」

「それはない。それだけはない。なぜならあの後輩は、手当たり次第にブラスバンド部の男子を虜（とりこ）にしているからだ。好きな男子がいるのならば、その男子だけを徹底的に狙うに決まっている」

「そんなものなのかな」

「……『モテ期』に舞い上がってる女子なんてそんなものだ。刹那（せつな）的で傍若無人（ぼうじゃくぶじん）、それなのに本人はそれに気づかない。周りがどう思っていようとどうでもいいんだ。自分さえよければ全てよし。自分＝全て。そんなものだろう」

八重樫はどう考えても偏見に満ちた発言をするが、その割には俯き加減になっている。

「……何かあったの？」

「何もないさ。ただ単純に、女子に期待するのをやめただけだ。さあ田宮、準備を始めよう。

よろしく頼むぞ。この作戦の成否は田宮にかかっている」

何かをはぐらかすが如く大井戸から目を背け、田宮とも目を合わそうとしない。

大井戸と田宮は視線を合わせたが、お互い肩をすくめて訳がわからないという意思を示した。

過去に何があったのかはわからない。

けれども、問題は今である。

今、八重樫を苦しませている問題を解決しよう。

「あれ？」

ここで大井戸は、ふと気づいた。

「僕は何をすればいいの？」

その問いかけに対して、八重樫と田宮は大井戸を見ながら二人同時にこう言った。

「演劇部に行ってこい」


無力感に打ちひしがれながらも大井戸は二階へと続く階段をとぼとぼ昇る。

なぜだ。

なぜ自分にはやれることがないんだ。

そんなことは、決まってる。

「モテないからかぁ……」

『モテ期』になっておらず、『モテ期』を引き寄せるだけの自分磨きもまだ先が長いから。

なんということだろう。

女子からモテないと、友人を救うことすら出来ない。

「はぁ……世知辛過ぎでしょ……なんだこの世の中……」

改めて自分の現状に絶望しそうになるが、そこは新浪に諭された大井戸である。

焦りは禁物——とにもかくにも自分が今出来ることをこなしていこうと再度決意した。それがカラ元気なのは自分でもわかっていたが、人にはやれることとやれないことがあるから仕方がない。

田宮には出来ることが自分には出来なかった。

ならば、田宮には出来ないことで自分には出来ることがあるかもしれない。

いつか八重樫の、ひいては田宮の役に立てるような凄い人物になろうと心に決め、階段を昇り切り廊下を大股で歩き、笑顔で「お疲れ様です！」と二年四組の扉を開けた。

そこには——椅子に座りながら顔を突き付け合う、緊張に満ちた面々がいた。

「……お疲れ様です？」

思わず同じ台詞を、恐る恐る言うはめになった。

そんな大井戸に対して三人は何も応えない。

その代わり、深刻な表情で大井戸を見つめた。

「な、何ですか？」

「ピンチである」

そう言ったのは優芽であった。

「えーっと……何がですか？」

「現在進行形でピンチ」

抑揚も何もない声で愛里が呟く。

「だから何が……」

「ピンチなのよ！　舞台が！」

これまで接してきた中で、聞いたことのない大音量を教室中に響かせたのは——本来ならば舞台担当の美鈴であった。

そこから一気に彼女がまくしたてる。

「ピンチなの！　全然終わってないの、舞台作業！　ごめんなさい美鈴のペース配分が間違っていました！　だから今から皆でやりましょう！　今日一日だけ頂戴（ちょうだい）！　お願いだから！」

必死の形相（ぎょうそう）で叫ぶ美鈴の様子を、大井戸は口をあんぐりと開けて見ていた。そういえば最近誰かの行動に驚くことが多くなったなあとぼんやりと思いながら、まるで他人の目を通して見ている出来事のように美鈴の叫びが遠く感じられる。

大井戸が持っている美鈴の印象は、大人しく可愛らしい先輩であった。

ざっくり表現すると、優芽とは正反対の先輩である。

優芽が豪快で何事も自分で決めて突き進んでいくタイプに対し、美鈴は自分からはあまり動かないが、人から言われたことは確実にこなしていくタイプであった。

そんな美鈴が、声を張り上げて懇願している。

この光景が、大井戸には現実味を帯びてこない。

「駄目だって言ってんでしょうが」

そんな美鈴の要求を一蹴したのは優芽だった。

膝に肘を置き、手の上に顎を乗せている。

「役者陣には時間がないのよ。そもそも時間かかるような舞台装置じゃないでしょ。机一つと椅子二つ、それと細々したのがちょこっとってくらいじゃない？　私からしたらね、極限までタスク軽くしたはずなのにまだ出来てないの？　って感じなんだけど」

「……一人しか舞台担当がいない時点で時間かかるでしょう。製作だけじゃない、資材の調達も私一人。こんなかつかつの状況下で極限までタスク軽くしたなんて……よく言えるよね……」

ここまで聞いた時点で、大井戸は悟った。

あ、これヤバイやつだ。

俗に言う女の喧嘩ってやつだ。

大井戸は今まで女の喧嘩を見たことがなかったが、映画やらドラマやらでおおよそは知っていた。男子が取りなそうとしてもどうにも出来ない最悪の事態である。

いつかは出くわすだろうと思っていたが、出来れば関わりたくないとも思っていた。

実際に関わってみると、なるほど確かにどうしようもない。

今二人の間に入れば、ただちに「黙ってて」と言われるだろう。

椅子が一つだけ空いていたので音を立てないようにゆっくりと座る。真向かいには愛里がいて、目を閉じて首を横に振った。お手上げという意味だろうか。いやいやそうしたら大井戸にも出る幕がなくなる。

「去年も一昨年も一人でこなしてきたじゃないの。何で今年に限って一人じゃ出来ないのよ」

「去年、一昨年は美鈴は役者をしてなかった——だから舞台作業に専念することが出来た。校舎から出て一人で黙々と作業するのは辛かったよ。でも美鈴が作った舞台を優芽ちゃんと愛里ちゃんに使ってもらえるのが何よりも嬉しかった。それを楽しみにして精一杯頑張ってたの。でもね、今回はね、美鈴も役者やってるじゃない？　しかも美鈴、初舞台じゃない？」

「そうなんですか！」

大井戸がここぞとばかりに大声を張り上げる。

「会話の流れで察しなさいよそれくらい」

優芽が無慈悲にも吐き捨てた。

「ちょっと公也君は黙ってて」

それどころか美鈴にも切って捨てられ何も言えなくなる大井戸を横目にも見ず、美鈴は話を続ける。

「だからね、役者ってだけでも大変なの。なのに舞台作業もやってってって、そんなの普通に考えて厳しくないかな？」

「だったらタスクを割り振られた最初に言いなさいよ」

「……舞台作業と役者の兼任がこんなに大変だなんてわかんなかったんだもん」

「自分の判断ミスってことよね？」

「そ、そうだけど……でも」

「でも何もない。……今日は美鈴が出るシーンをやらないことにするから。それで手を打ってくれない？」

「今日この後一人でやったら小道具と椅子は作り終えられると思うけど、机は無理。材料買いに行かなきゃだから」

「そんなの買っておきなさいよ」

「木材の配分間違えたの！　ごめんなさい！　だからお願い、今日だけは皆も手伝って！　買い出し班と製作班！　お願いだから！」

「駄目だって言ってるでしょ。こうしてる時間だってもったいないんだから」

「じゃあどうすればいいの……わかんないよう……」

「……そうね……私たちじゃ決められないわ……決めたとしてもどちらかにわだかまり残しちゃうだろうし」

美鈴は泣き出しそうになりながら——

優芽は今までにないほど苦々しげな表情をしながら——

徐々に、顔の向きを変えていった。

大井戸の顔に、視線が重なる。

「………マジデスカ」

一瞬で悟った。

この人たちは、僕に判断を委ねる気でいる。

「「マジ」」

大きなため息をついた。

「息ピッタリじゃないですか……何なんですか……」

まさか自分が、女の喧嘩とやらの採決を求められることになるとは思ってもみなかった。

真向かいの女子は手を顔の前に合わせてごめんなさいのポーズをしている。ごめんで済むのなら警察はいらないが、代わりに判断を完全に託すというのは良くないだろう。もう一度ため息をついて、まずはこの重責を少しでも軽くする方法を考える。

即ち、真向かいの女子に責任分担してもらうつもりである。

「僕だけじゃなくてもいいんじゃないですか？　舞谷さんもいますよ」

「そこで全てを愛里に押し付けなかっただけまだマシだけどね」

メガネの位置を整えて優芽は言う。

「愛里を入れたら偶数になるでしょうが。そんでもってあんたら二人のことだから、どちらかが一方の肩を持ったら、残った一人はもう一方に味方するに違いないでしょう。それくらいのことはわかってるわよ」

「……まあ、そうなりますね、恐らく」

「ちなみに愛里だけが選ぶってのもなしだからね。優柔不断だから」

「面目ねえ」

「面目ねえじゃないいんだよ舞谷さん……」

「と、いう訳で」

優芽の発言が区切りとなり——

大井戸に他の三人の視線が集まった。

「決めちゃってよ、主役」

「…………うぇぇぇぇ」

声にならない声が出てしまう。

まさかこんな決断を迫られることになるとは思っていなかった。

これも自分磨きの過程に必要な試練なのだろうか。

それならば仕方がない。

選ぶしかないのだろう。

しかも、男らしく、果断にだ。

「…………」

まずは冷静に考えてみる。

どちらにどんなメリットとデメリットがあるのか。

優芽の側についたとしよう。すると一日分役者の練習量が割かれない分、作品のクオリティが上がる。しかし舞台作業がさらに窮地に立たされる。ここにおいて大切なのは、結果的に舞台作業が終わるのか終わらないのかという判断である。美鈴が終わらないと断言している舞台作業だが、果たして本当にそうだろうか。優芽の話を聞くと、そこまで舞台作業が残っているとは思えない。何しろ本番までまだ約一カ月あるのだ。この日程で、机くらいしか作るものが残っていないのに果たして本当に終わらないものだろうか。

と、ここまで考えて、美鈴が役者という点も考慮してみる。

美鈴はラスボスである管理局長である。出番は脚本におけるちょうど折り返しあたり、出演時間は二十五分程度である。一度登場したらラスト五分前に倒されるまでずっと出番の続くキャラクターだ。大井戸が考えるに、現段階で仕上がっていない場面は、残念ながら後半の方である。役者間の連携がまだとれていないのだ。初期段階では大井戸が役者としてずぶの素人であったため大井戸の台詞が多い前半を急ピッチで仕上げていった。そしてそのおかげで、前半はぎりぎり及第点を優芽からもらっている。まだまだ仕上げなければならないが、それよりもまず後半である。

それ故――ここから先、美鈴の役者としての参加が必要になっていくのだろう。

舞台作業が止まってしまうことを考慮出来ないほどに役者として時間を費やさないといけない。

——ここまで考えて、大井戸はちらりと美鈴を見た。

泣きそうな顔をして大井戸を見ていた。必死に懇願しているような、そんな雰囲気だ。

次に優芽を見てみた。

優芽は——覚悟を決めているようだった。

どちらが選ばれても何とかしてやるといった、そんな表情だった。

——この人は丸投げしたわけじゃないのか。

——僕に判断を委ねながらも、責任は負うつもりなんだ。

こんな二人の状況を見て、メリットデメリットをこれ以上考えるのは愚の骨頂であろう。

どちらを選ぶかなんて、決まっている。

「優芽さん」

三人がそれぞれ反応する。

一人は更に泣きそうになり、一人は「うわっちゃあ」と額をぺしんと叩き、一人は——

優芽は、「うん」とだけ返した。

そんな三人を目の前にしながら——

大井戸は、優芽に頭を下げる。

「すみません、泣いてください」

「まあ、そうなるよねぇ」

うんうんと頷き、美鈴の目の前に立つ。

美鈴は感謝の念に押しつぶされそうになりながら、泣かないように感情の波をせき止めようとしていた。そんな美鈴に、優芽はこう言う。

「ごめんね、強情で。一日だけしかあげられないけど、大丈夫そう？」

「大丈夫！　ごめんね優芽ちゃん。ほんと、ありがとう！」

「何言ってんのよ。私はグダグダ言ってただけよ。選んだのは公也なんだから、公也にお礼言いなさいな」

「うん！　ありがとう、公也君！」

「どういたしまして——……」

女性の先輩から感謝感激の気持ちを示されるのは嬉しいが、その代償は大きかったようである。

大喜びしている美鈴の後ろで目を光らせている人物がいる。

優芽である。

その視線は、相も変わらず言語を介さなくとも意思を伝えてきた。

『わかってんでしょうね』

ただでさえ役者として初心者である大井戸である。その大井戸が稽古の時間を割くことを選んだ。やむを得なかったこととはいえ、これで自らを崖っぷちに追い込んだということだろう。

まだまだ自分は未熟な役者である。

成長しなければ、この一日を潰した選択をした当の本人としての立つ瀬がない。

「……頑張ります」

その視線の圧力に負けそうになりながらもなんとか言い返すことが出来た大井戸にとりあえずは満足したのだろう。優芽は「じゃあ行くわよ。時間が惜しいわ」と言うと、美鈴を連れて教室から出た。

残ったのは二人だけ。

大井戸と、愛里だ。

「ありがとね、美鈴先輩を選んでくれて」

立ちあがると、愛里は笑い、ぼそりと大井戸に聞こえるよう呟いた。

「去年も二、三回こういうことがあってね」

「そうなの?」

「美鈴先輩ね、色々抱えてパンクしちゃう人だから。演劇部以外にも生徒会とかやってるし」

「そうなの!」

知らなかった。

考えてみると、優芽と愛里とはよく喋るが、美鈴とはあまり喋っていない。

「私は最初、優芽先輩の方を選んだの。美鈴先輩、その時は泣く泣くって感じだけど了解してくれてね。でも、最後ら辺はボロボロになりながら舞台を完成させてた。三日三晩寝ずに作業してたって言ってたかな」

「そっか……」

「だからね、私はそれ以降どっちを選べばいいのかわからなくなっちゃったの。その後ずっと美鈴先輩を選び続けたら、優芽先輩に悪い気がして。……公也君、一発目で美鈴先輩を選んでくれて、本当にありがとう」

「う、うん……」

何の飾り気もなく感謝の気持ちを女子から伝えられるとここまで嬉しい気持ちになるのか。

大井戸は思わずにやけてしまう顔を見られないよう、俯いてしまう。

そんな様子を見て、「えへへ」と愛里は笑う。

「じゃあ行こっか！　先輩たちに置いてかれちゃうよ」

何の脈絡もなく愛里は大井戸の手を握ってきた。

ただ、そこに込められている力は以前図書館で握ってきたときよりも若干弱かった。

勢いよく愛里が駆け出すとほどけてしまいそうな、そんな力加減だ。

このまま動くとせっかく握ってくれた手がほどけてしまう。

「…………」

意を決して、大井戸は小さく柔らかい手を握り返した。

握った先の手はピクリと小さく反応した後、少しだけ力を入れて握り返してくれる。

二人の手の間に湧いた汗はどちらのものだろうか。

それは、当の本人たちにもわからない。

こうして四人揃って教室を出て、体操着に着替えた後校舎裏へと向かった。舞台装置の作業用に新浪が学校側から確保してくれている場所である。見るとそこには木材やら工具やらがブルーシートの下に散らばって放置されており、必要のない範囲まで舞台用具が占領しているのがわかった。

大井戸がゆっくり美鈴を見ると、気まずそうに笑顔を見せ、取り繕おうとしていた。

全く取り繕えていない。

「………」

ようやくわかった。

美鈴は基本的に雑な人だ。

「と、とりあえず、片付けから始めますか」

大井戸の発言に了承し、全員片付けに移る。

その様子を見ながら美鈴が「ご、ごめんね……」と謝罪するが、優芽から「あんたはとりあえず作業をどう進めていくか考えなさいよ」と冷静に言われ、何も言わずに考え始めていた。

買い出し班と作業班に分けると先ほど言っていた。

大井戸は舞台作業をやったことがない。

今の時期に舞台作業を一から教わっている時間はないだろうから、自分は買い出し班になるのだろうと考えた。

そして舞台担当である美鈴は作業をやるだろうから、自然と優芽か愛里のどちらかと一緒に買い出しに行くことになるのだろう。

「おっふ」

思わず変な声が出てしまったが、仕方のないことであろう。

女子と二人きりで買い物をするというイベントが発生すること自体が大井戸にとって素晴らしいことなのに、相手が優芽か愛里のどちらかというのがこれまた素晴らしいことであった。

優芽ならば買い出しを先導してくれるだろうから、夢にまで見ていた若干年上女性の尻に敷かれながらの買い物が出来る。

愛里ならば何の気兼ねもいらないのでとても楽しい買い物になる。

どちらになるだろうか。

どちらも、良い。

半月前ならばこんな楽しい二択が目の前に現れることなどなかっただろう。

やはり一歩を踏み出す勇気と、その勇気をどこにもっていくのかという選択は重要だなと改めて思った。

ただ闇雲に告白しているだけでは間違いなく得られなかった状況だ。

この世界は素晴らしい！

人生の讃歌を全力で歌いたい衝動に大井戸は駆られた。

「何ニヤニヤしてんのあんた。頭大丈夫？」

皮肉をこめて優芽が言う。

「僕、今、幸せです」

「うへぇ。やめてよ、そういう気持ち悪いこと言うの」

自分の発言に対して顔を歪める優芽を横目で見つつも、大井戸は笑顔を絶やさなかった。

本当に幸せだからだ。

女子にモテず、女子と関わることがなかった。

それでも、こうやって女子と関わり、このままいくと二人きりの買い物というイベントまで発生するかもしれない。

これを幸せと言わずして何と言うのだろう。

「……これ以上を望むのはまだ早い。うん」

「んー？　公也君、何か言った？」

愛里が軽く心配して聞いてきたのに対し、「何でもないよ」と答えた。

彼女の顔を見た後、大井戸は自然に自分の右の掌（てのひら）を見つめた。

まだその手は熱を帯びている。

——俯いて自分の手を見たから。

二人は、お互いが同じ行動をしていることに気付かない。

大井戸は浮かれそうになってしまう気持ちを抑え、今は目の前のことに集中しようとした
——その時であった。

とある人物が近づいてくるのが見えた。

その存在自体が頼もしく、それでいて親近感が湧き、一緒にいて楽しいと思ってしまう。

言うまでもなく、田宮だった。

「田宮君、何でいるの！」

「八重樫の案件でやることがなくなったからよ。今日部活ないし、何か手伝えることねえかなって思って来ちまった」

「え、八重樫君案件、なんとかなったの！　八重樫君、回復した？」

「前半イエス、後半ノーだ」

「……はい？」

田宮が言っている意味がわからず聞き返すが、当の本人は「ま、説明は追々な」と話を切り上げ、広がっている惨状を見下ろす。

「うわー。まずはこれ、片付けからか。大変そうだな。俺、何かやれることある？」

「うーん。僕も舞台作業初めてだから何が何やらなんだよね」

気になることはあったがとにもかくにも時間がない。田宮が手伝うにしろ手伝わないにしろ、早急に対応した方がいいだろうと判断し、大井戸は話を続ける。

「美鈴先輩。僕の友人の田宮君が手伝ってくれるって言ってるんですけど、何かやれることってありますか？」

その言葉に対し、美鈴は何も反応しなかった。

何も反応できなかったという方が正しいかもしれない。

顔を思いきり赤面させ、全身が小刻みに震えている。

普段は察せないがこういう出来事に関してのみ気付くことの出来る大井戸は——即座にヤバイと判断した。

「田宮君。やっぱりさ、気持ちは嬉しいけどやれることないかもだからさ、帰って欲し——」

「何言っているの！」

しかし、もう遅い。

本日二度目である。

基本はおどおどしている美鈴が、大声で叫ぶ。

終わったかもしれないと大井戸は思う。

美鈴は、頬を染めたまま田宮から視線を離さない。

『モテ期』。

田宮のそれは、学校にファンクラブを作るほどである。

そしてそれは、常時本人の意思にかかわらず効力を振りまく。

田宮の友人であり、田宮のモテ期力を嫌でも知ってしまっている大井戸はすぐさま気が付いてしまったのである。

かつてない危機が、演劇部を襲ってるのかもしれない。

美鈴は悪くない。

田宮も悪くない。

悪いのは、『モテ期』だ。

「今は、あの、助けてくれるとすごくありがたいので……えっと、その、ありがたいです。ありがとうございます。お名前を伺ってもよろしいでしょうか……？」

美鈴が頬を染めたまま田宮に聞く。

「田宮雄一です。二年生です。何か手伝えることってありますか？」

田宮が爽やかな笑顔で応える。

そういう考えなしの行動が、この世の女性を誤解させる。

それが、『モテ期』で無双状態となったイケメンの力である。

「……篠田、美鈴、です。えっと、その……とりあえず！」

間が持たなかったからだろうか。

急に叫びだし、演劇部メンバーに顔を向ける。

「買い出し班、三人でいいかな？」

そう言う美鈴の魂胆は見え見えで、大井戸は改めて現実を知って大きなため息を吐いた。

優芽と愛里は、軽く苦笑しているだけだった。


「美鈴は昔からああいうところがあるのよ」

こうして買い出し班は三人になり、ホームセンターにて大井戸はカートを押しながら愛里と優芽と共に木材を探している。

「ミーハーってやつですか」

「ちょっと違うかな。皆がキャーキャー言ってる人は好きなんだけど、その上で、その人に親切にされたら好きになるっていう条件付き」

「田宮君、条件満たしちゃいましたね……。久しぶりです、美鈴先輩があぁいう感じになるの」

やれやれと言いたげな愛里がため息を吐く。

その様子を受けて、優芽もため息を吐いた。

「そうだねぇ。あーもう、また数週間うるさくなるなあ。これだから美鈴はって感じだわ。大体ね、あのくらいの仕事量をこなせないようじゃダメなのよ。毎回毎回泣きを入れてくるけど、こっちが泣きたい気分よ。それでも最後には完成させてくれるからありがたいんだけど」

そう垂れ流される優芽の愚痴を上の空で聞きながら、大井戸は冷や汗が止まらなかった。俯き、「そうですね」としか反応できなくなる。

――もしかして僕は、取り返しのつかないことをしてしまったんじゃないだろうか。

大井戸自身に過失はないものの、田宮をあの場に招き寄せてしまったのは自分である。自分が田宮と友人であったから起こってしまった悲劇。ただでさえ仕事の手が遅い美鈴の集中を乱す要因が増してしまった。大井戸に悪気はないし、もちろん、田宮にも悪気はない。

ただ、この状況を作り出してしまったのは、間違いなく大井戸である。

そのことが、頭にこびりついて離れない。

「……今からでも誰か一人戻るべきなんじゃないでしょうか」

「ん?」

「どういう意味それ」

「美鈴先輩は田宮に惚れてしまったんですよね。だったら間に誰か入るべきですよ、そうしたら作業の滞り(とどこお)を少しでも減らせるかもしれません。そうですよ、美鈴先輩の言う通りに行動するべきじゃなかったんですよ、買い出し班を三人にするべきじゃなかったんですよ。今からなら被害を少なく出来るかもしれません。僕が戻って二人の間を邪魔してきます!」

「ちょっと公也、何言ってんの」

「優芽先輩の言う通りだよ。公也君、落ち着きなよ」

押していたカートを放置して走り出そうとする大井戸を優芽と愛里が必死になって止める。

「放してください二人とも! 僕の責任なんですよ! 田宮君が登場した時点で帰らせるべきだったんだ! これで美鈴先輩の作業効率が落ちて舞台が完成しなかったら、僕はどう責任をとればいいかわからない!」

「はぁ? あんた、マジで何言ってんの?」

大井戸の涙ながらの叫びに対し、優芽は怪訝な顔をしてみせた。聞き捨てならないとでも言いたげに不機嫌な声を出し、大井戸を掴んでいた手をパッと放す。その姿を見て愛里も手を放し、大井戸は解放された。すぐにでも走れる状態になったが、優芽の声色が気になりそれどころじゃなかった。

背中越しに伝わって来る、優芽の視線が怖くて走る気力などない。

ゆっくりと後ろを向くと――取り繕っている笑顔の愛里と、全力で不機嫌な顔をしている優芽がいた。

「……どういうことでしょうか？」

恐る恐る優芽の方を向いて聞く。

「私にしてみたらあんたがどういうことでしょうかって言いたい気分ね」

大きなため息をついて、腰に手を当てて話を続ける。

「あのねえ、美鈴が惚れた腫（は）れた云々（うんぬん）かんぬんで作業効率落とす女だと思ってんの？」

「あの様子を見たら落とすかなと思ってました、はい」

「バカねえ。むしろ上げてくるわよ、あの女は」

「上げてくるんですか！」

想像の斜め上をいった優芽の発言に驚愕を覚える。

「じゃなきゃ、あの状態の美鈴を放っておくわけないでしょうが」

優芽は――ニヤリと口の端を上げた。

「田宮君だっけ。あのザ・イケメン君が登場したとき、『してやったり！』って思ったわよ。そう考えるとあんたは良い仕事したわ。胸を張っていいわよ」

「え？　あ、ありがとうございます……？」

未だに疑問符が頭を占めている大井戸はその大量の疑問符を追い出そうと頭を動かし始める。

これまで大井戸は、田宮の『モテ期』に当てられて恋愛感情に溺れてしまった女性を何度も見たことがある。

特に顕著だったのは、ファミレスにて二人で夕食を摂っていた時であった。ウエイトレスが田宮を一目見ただけで好きになってしまい、田宮にだけ水を持ってきたり田宮の注文だけを聞いたり、大井戸の手元におしぼりしかない状況が続いてしまったことがあった。

何度も注文を繰り返しているのに一向に持ってこず、そればかりか田宮にメールアドレスを書いた紙を渡し、何度もテーブルの傍を通り田宮の様子を観察していた。『モテ期』はこれほどまでに人を狂わせるのかと思い、文句を言う気すらそがれてしまった。

最近の例だと、八重樫の後輩によるブラスバンド部腐敗事件である。

あれこそ完全に惚れた腫れたの末路だ。

八重樫の後輩を部内男子メンバーが好きになりすぎて、部活動に支障が出てしまったのだ。

こういった事例と同じことが、美鈴にも起こっているのだと大井戸は考えていた。

しかし、それは杞憂だったらしい。

それどころか、良いことらしい。

「確かにね、誰かを好きになることによって今まで取り組んでいたものが手につかなくなるのはよくあることだと思うわよ」

再びカートを押し始めた大井戸に、優芽が歩きながら話す。

「だけどね、誰かを好きになることによって逆に今まで以上に取り組むって場合もあるのよ。

だから安心して。公也は何も悪いことしてないの」

「……どういう原理ですか。『モテ期』は——恋愛感情は——人を劣化させるものじゃないんですか？」

「好きになった相手の前で良い姿を見せたいっていう感情もあり得るでしょ？」

「あ……」

その言葉を聞いて、疑問符が取り払われた。

頭の中に生まれたのは、新しい認識だ。

——恋愛感情は、人を駄目にするだけじゃないのか。

人によっては役に立つこともあるのか？

「美鈴はその最たる例ね。今頃張り切ってるわよー。ま、張り切りすぎるせいで男子側がひいちゃって、大抵そこで終わっちゃうのが常なんだけど」

そう言うと優芽は明るく笑う。

つられて愛里も「美鈴先輩はほんとしょうがない人ですね」と言って笑う。

「田宮君の『モテ期』に当てられたのに、それが逆に良い現象を生む？　……イケメンの、常時まき散らしているモテ期力が、功を奏すなんてことがあり得るんですか！　イケメンは男子にとっても女子にとっても絶対悪なんじゃないんですか！」

「あのイケメン君、あんたの友達なんでしょ？　友達をそんな風に悪く言うことないんじゃない？」

「田宮君の悪口は言ってないです！　僕が言っているのはあくまでもイケメンっていう存在そのものに対する評価であって」

「だったらなおさらやめなさいな。無意識としても結果的に、それは田宮君への悪口になってるから」

「…………」

イケメン＝敵。

この構図は、大井戸のモテたいという欲求の傍に控えているものであった。

イケメンが女子を容赦なく奪い取っていくからモテない男子の相手をしてくれる女子が少なくなる。イケメンを好きになった女子も、最終的にはイケメンといえども一人としか付き合うことが出来ないので、それ以外は芽生えた感情に整理をつけなければならない時期がやってくる。

だからイケメンは害悪である。

誰にとっても、敵になり得る。

そう、思っていた。

しかし現に、田宮は優芽の――ひいては演劇部の手助けとなっている。

美鈴にとってはどうなのだろう。

田宮には彼女がいるため美鈴がどれだけアプローチをかけても田宮が美鈴になびくことはない。いつしか気持ちに整理をつけなければならないが、少なくとも滞っていた舞台作業を活性化させてくれる存在であるらしい。

　プラスかマイナス、どちらに傾くのだろう。

　それは、美鈴にしかわからない。

「すみません。僕、なんか、テンパってます」

　愛里が木材を見繕うためにいつの間にかこの場にいなくなっていることもあり、カートをその場に止めて俯く。

　その様子を見て、優芽は「まあそんなに落ち込まないで良いんじゃないの」と慰めようとする。

「モテない男子の僻みはさ、女からしたら醜く見えちゃうもんだよ」

「慰めどころか追い打ちになってるんですけど」

「そう?」

　アハハと笑い――優芽は、大井戸の頭を撫でた。

　突然の出来事に大井戸は頬を染めるが、そんなことはお構いなしに優芽は話を続ける。

「でもさ。私は信用しているのよ。恋愛感情なんかで動じるほど、我が演劇部は脆くない。私たちの演劇に対する熱い思いは、恋愛感情なんかでぐらつくほどやわじゃないってね」

「優芽先輩……それって……」

「その熱量をさ、逆に利用してやろうっていう気概がないと駄目なのよ。少なくとも美鈴はそれでやってきた。そう考えると美鈴は凄いわよね。私たちも負けてられないわよ」

頭を上げて、優芽の方を見る。

彼女は、なおも笑顔だった。

大井戸は、自分が演劇部に入った理由を思い直す。

優芽は、自分に忠告しているのではないだろうか。

「……あの、もしかして」

「あんた、愛里のことちょっと気になってるでしょう」

「そ、そそそそそそんなことないですよ！」

「だから敢えて言わせてもらうわよ」

柔和な表情になり、メガネの奥に潜む眼光が大井戸を優しく包んだ。

「演劇部は大丈夫。あんたが自分磨きをして、『モテ期』に入ったとしても、愛里とどうなっても揺るがない。だから安心して『モテ期』に入りなさいな。いつどこで『モテ期』になったとしても、私らはそれを受け止めてあげる。大会期間中に『モテ期』になってくれた方が、逆に演技が良くなる可能性もあるしね。……まあ？　あんた程度が万年彼氏なしの私たちをどうこう出来るとは思えないし？」

「何でそこで煽るんですか！」

「アハハ。ごめんごめん」

そう茶化して雰囲気を台なしにした優芽の言葉に、大井戸は密かに感謝をしていた。

――僕が『モテ期』に入ると、信じてくれている人がいる。

それだけで心が晴れやかになっていくようだ。

半月前までは焦っていた。

自分は高校生のうちに『モテ期』が来ないのではないか。

高校生のうちに来なければ意味がない。だから来てほしい。そう真剣に願っていた。その気持ちを理解してくれる人物——ましてや女子は、いなかった。

けれども、今では、目の前に笑顔を向けてくれる人がいる。

「優芽先輩、ありがとうございます」

「感謝ついでに何かおごってくれてもいいわよ」

「だから優芽先輩、彼氏いないんですよ。他の人のことはカップルにしまくっているのに何で自分は万年彼氏なしなんですか」

「公也にだけは言われたくないわね！　とっとと『モテ期』に入りなさいよ！」

「そう言う先輩は入ったことあるんですか！」

「ないわよ！　あんたもないでしょうが！」

「お互い様ということですねこれは！」

「あー何か二人とも楽しそう！　私も交ぜてくださいよー！」

「「どこが楽しそうだ！」」

二人の台詞が重なり、三人で笑い合った。

そうして木材を購入して、学校に戻った時には——

机が完成していた。

「………」

大井戸含め三人は、木材を抱えながら何も言えなくなってしまった。

どうやら木材は足りたらしい。

買い出しに行った意味がない。

学校に帰ってきた三人に向けて、美鈴は深々と頭を下げていた。

「木材買ってきてくれてありがとう……ございます……」

「何で机ができているのよ」

優芽が呆気にとられながら言う。

「……作業がかなり早く進んだの。それで勢い余って昔の舞台の解体ショーを張り切ってやってたら、雄一君が『これ使えば机も作れるんじゃないですか』って言ってくれたの。それでまた張り切って作ったら、完成しちゃった……」

その発言を聞いて優芽は呆れながらも、「今日、色も付けちゃおうか」とだけ美鈴に伝えた。

田宮の姿はすでになかった。美鈴が張り切ったせいで、ほとんどやることがなかったらしいが、それでも机の完成を見届けるまでいてくれたとのことだった。ここだけ聞いても田宮のイケメンっぷりがわかるというもので——大井戸は改めて凄いなと思った。

「それじゃあ、こういう感じで色塗っていってね。着替えもエプロンもなくてごめんね、気をつけて塗ってね」

「わ、わかりました」

今、大井戸は美鈴の指示に従って色塗りをしている。

本来ならば役者の練習をするべきなのだろうが、部活終了時刻までの残り時間が少ないという点と、四人で一斉にやってしまえば今日舞台を完成させることが出来るという点で、引き続き舞台作業に没頭することになった。そして机を塗る二人と、椅子を塗る二人に分かれることになった。

そして舞台製作の経験が全くない大井戸は、美鈴とペアになった。

「貴重な時間削っちゃってごめんね……」

美鈴は先ほどからずっと謝っている。

「先輩が頑張ってくれたおかげなので気にしないでください」

「最初から全力出せてたら良かったのに……ゆ、雄一君にもっと早く出会えてたら良かった……」

「……稽古とか地区大会とかに田宮君呼びましょうか？」

「本当！」

「ええ、まあ、はい」

「ありがとう！　公也君が演劇部に入ってくれて良かった！」

「このタイミングで言われると全く嬉しくない言葉ですね……」

美鈴は見るからにウキウキしている。好きな人が見てくれるだけでここまで楽しくなるし頑張ろうと思えるのか――

　そう思うと、大井戸は本当に、誰かを好きになれていたのだろうか。

　ここまで頑張ろうと思えていただろうか。

「……先輩って凄いですね」

「い、色使いのこと？」

「いえ、そうではなく……恋愛感情をこんなに良い方向に持って行けるなんて凄いなあと思いまして……」

「へ？　それを言うなら、公也君の方が……凄くない……？」

「僕がですか？」

　唐突に自分に振られて驚いてしまった。

『モテ期』に入るために努力している自分のどこが凄いのか全くわからない。

「そ、そうだよ……だって普通、人前で告白なんて出来ないよ」

「あぁ……」

　言われて思い出してしまった。

　今思うとよくもまあ短期間に何回も公衆の面前で告白していたもんだという恥ずかしさしか湧いてこない。後悔はないのだが、こうして誰かに言われると、告白をした女子たちに申し訳なさしかなかった。

「そうですよねえ。僕、何してたんでしょうね……」

「……あれ？　へ、へこんでる？」

「そりゃそうですよ……先輩のおっしゃる通り、愚行でしかないですから……」

「そ、そんなこと一言も言ってないよ！」

「へ？　でもさっき、人前で告白するってよくもまあできるよね凄いねみたいな皮肉を言われた気が」

「な、何でそんなひねくれた受け取り方しかできないの。美鈴、本当に凄いなって思っていたのに」

なぜか話が食い違っているように思える。

これまでこの話題に触れる時には誰しもがけなす口調だった。

しかし美鈴は、純粋に褒めてくれているような気がする。

大井戸が戸惑っている姿を横目に、美鈴はぶつぶつと呟き始めた。

「実はね、公也君のこと……演劇部に入る前から凄いなって思っていたの……」

「えええええ！　な、なぜですか！」

「美鈴ね、好きな人の前で頑張りたいし好きな人のために頑張りたいとも思えるんだけど、こ、告白だけは、恥ずかしくてやったことないの。というかやれない……好きな人の前に近づくだけでドキドキしちゃうのに……」

「な、なるほど……なんか、ありがとうございます……」

美鈴と最初に部室で出会ったとき、「凄いね」と言われたことを思い出した。

あの時も皮肉かと思っていたが、どうやら美鈴は過去の大井戸の行動を本気で凄いと思ってくれているらしい。

――最近色々な人と関わっているけれど、昔の愚行を褒めてもらったのは初めてだな。

そう思うと、素直に嬉しかった。

「でも、僕は先輩の方が凄いと思いますよ。好きな人の前でもこんなに頑張れる人、見たことがないです」

「ううん、美鈴なんて公也君の凄さに比べたら月とすっぽんだよ。告白する勇気なんてないもん。頑張って好意に気付いてもらうくらいしかできることないもん」

「それが凄いんですよ。僕なんか良いところ見せる前に暴走特急が如くすぐに告白しちゃってますから」

「あのね、それが凄いんだよ？　自分の魅力を伝えきらずに一気に告白できる勢い、美鈴は出せないから」

「いやいや先輩」

「いやいや公也君」

「そこの二人ぃ！　口動かしてないで手を動かしてほしいんだけど！」

「「すみません！」」

熱が入ってしまったところを優芽に叱責（しっせき）されてしまった。

お互いにゼェゼェと息をした後、舞台作業に戻る。

「この話はまた今度にしましょう。先輩の方が絶対に凄いんで」

「の、のぞむところだよ。公也君の凄いところ、一時間でも二時間でも語ってあげる」

「僕は三時間いけるんで僕の勝ちですね」

「み、美鈴は四時間いけるから、私の勝ちだね」

「六時間」

「半日」

「一日」

「一週間」

「さっきから何言い合っているのあんたたち！」

「どちらがより凄いか話し合っているんです！」

「何その意味わからない口論テーマ！　まだ続くようだったらペア交代しようか？」

「それは嫌です！」「それは嫌！」

「え、何、あんたらそんなに仲良かったっけ……？」

優芽が不審がるほど一気に仲が深まった二人は、舞台作業を終えて学校から出た後もずっと言い争いを続けていた。

きっかけは、気を利かした優芽の提案だった。

「これ終わりそうにないわね。もしまだ話し足りないなら、久しぶりに夕飯一緒に食べる？」

「そんな、大丈夫です、すぐ終わります。僕の方が間違いなく美鈴先輩を尊敬しているので。一年くらいなら余裕で先輩の凄さを語れるので」

「優芽ちゃん、ありがとう。でも大丈夫、高校に入学してから卒業するまでずっと公也君の凄さを伝えられる自信があるから」

「いやいや美鈴先輩甘いですね」

「いやいや公也君、それはね、甘ちゃんってやつだよ」

「いやいや」

「いやいや」

「いやいやいやいやいやうっさいわ！　嫌でも夕飯一緒に食べるわよ！」

そうして大井戸と美鈴のみならず、優芽と愛里も一緒に夕食を摂ることになった。愛里が無邪気に「わーい、ご飯、ご飯ー」と嬉しそうにステップする様子を見て可愛いなと純粋に思いつつ、大井戸は美鈴との口論を絶やさずにいた。

そうしてたどり着いたのは——ラーメン屋だった。

「……へ？」

意外すぎて思わず呆気に取られてしまった。それも醤油ラーメンや塩ラーメンではなく、豚骨ラーメン専門店であるところがますます意表を突く。

「あ、ごめん公也、もしかして豚骨ラーメン苦手だった？」

「むしろ大好きな方なのですが……」

「そう、良かった」

「え、良いんですか！　僕に気を遣ってくれているなら大丈夫ですよ」

「どういうこと？」

「こういう時、女性陣が行くのってファミレスだったりカフェだったりじゃないんですか」

「あぁ……そうね、映画とかドラマとかの知識だけだとそうなるわね……良いのよ公也、私はそんな公也が大好きだからね」

心外なほど憐みの目を優芽が向けてきて二の句が継げなくなってしまった。

何も変なことは言っていないと思ったのだが、愛里と美鈴が一目散に食券を買いに行っているところを見るとどうやら本心から三人は豚骨ラーメン屋に来たかったらしい。

「確かにね、公也の言う通り、ファミレスとかカフェとかでワイワイするのも楽しいわよ。でもね、本番を控えている私たちにはそんな時間もないじゃない。公也も家に帰ったらやることあるでしょう？」

「ま、まあ、それは確かに……」

「短時間で結束固められる上に気合い入れられる食事――こう考えた時に、ラーメン以外思いつくかしら」

「…………ラーメンっていう選択肢がオーケーとなると、びっくりすることにそれ以外は全く思いつかないですね」

「でしょう？　ほら、早く買いなさいな。私のおススメは半熟煮卵付き」

「美鈴のオススメは海苔多めかなー」

「公也君、私のオススメはチャーシュー多めだよ！」

「ぬぁあ、わ、わかりました！　全部付けます！」

一気に三名からオススメを言われてテンパってしまった大井戸は、二千円を突っ込み計四点の食券を一気に購入した。その豪気な様子を見て女性陣から拍手が沸き起こる。

「美鈴はね、こういう勢いが公也君の凄いところだと思うの」

「は、はぁ……ありがとうございます……」

「やっぱり公也君、勢いつくと何でもできちゃうね」

「どんな根拠をもってして『やっぱり』って付けたのさ」

「この勢い、舞台上でも出したいわね。どんな褒美があればこの勢い出してくれるの？」

「ニンジンを鼻先に括り付けたら走り続ける馬みたいな言い方やめてください」

ラーメン屋に入ってテーブル席に着くまでニヤニヤと女性陣三名は大井戸に絡んできていた。

自然と先頭になってしまったが先に席に座るわけにはいかず、「どうぞ」と三人が先に座るように促す。

「公也さぁ、何でそういう気遣いは出来るのにモテないの？」

優芽が奥の席に座りながら、不思議そうに聞いてくる。

「な、何ででしょうね。こういうやり取りをする場面がないからでしょうか」

「あー、それはあるかも。あんた、大して仲良くもなってないのに特攻しかけまくっていたでしょ」

「何も言えません！」

「もったいないわね。私にいちはやく相談してくれれば、あんたの良さをまず相手の女子に伝えてからゆっくり仲良くさせたのに」

一番手前の席に座りながらそこのあたりを詳しく聞きたいのはやまやまだったのだが、ふと右奥の席から視線を感じて立ち止まってしまった。

愛里が、視線をまっすぐ、こちらに向けてくる。

「……舞谷さん、何か僕の顔についてるかな」

「別にー。未だに下の名前で呼んでくれないことも含めて色々あるのに楽しそうだなーって思っただけー」

「ご、ごめん……」

「優芽先輩とか美鈴先輩とかには名前で呼んでるのにー」

「呼び名の後に先輩ってつけると下の名前でも呼びやすいというかなんというか……」

「じゃあ良いよ、愛里さんでも愛里ちゃんでも。好きなようにつけてよ」

「あ、あいり、様……」

「何でそうなっちゃうの！」

ぎゃーぎゃーと右隣で叫ぶ愛里に申し訳なさを感じながら、こんなやり取りも楽しいなと思ってしまう自分がどうしようもなかった。

けれども仕方がない。

こんな風にラーメン屋で女子と会話できるという状況だけで、幸せだったから。

そうこうしているうちにラーメンが四人分、席に到着した。

大井戸のラーメンだけ明らかに内容量が多い。

舞台作業終わりのため、食べきれない心配は全くない。

「ごめん優芽ちゃん、ブラックペッパーとってくれる?」

美鈴が奥の席の優芽にお願いをしている。優芽が「ん」とだけ呟き、ブラックペッパーを美鈴に渡した。豪快に三振りほどラーメンにかけたあと、優芽に手渡し、元ある場所に戻した。

「いただきます」

大井戸の真正面に座る美鈴が幸せそうにラーメンを食べようとしている。

他の三名も倣(なら)って「いただきます」と言い、食べようとした瞬間に——美鈴がこんなことを発言した。

「あれ? 二人とも、ニンニク入れなくて良いの?」

愛里と優芽の動きがぴたりと止まる。

心なしか冷汗をかいているようにも見えた。

「優芽ちゃん、いつも言ってたじゃん。ニンニクを入れてこそ豚骨ラーメンは本領を発揮するんだって」

話しかけられたにもかかわらず、優芽は無言で動きを止めている。

「愛里ちゃんなんて、ニンニク、いつもスプーン三杯分くらい入れてなかったっけ。ニンニク美味しいっていつも叫んでるじゃん」

愛里は珍しく気まずそうな表情をしながら固まっていた。

そして二人はちらりと大井戸の方を見た後、何も言わずにラーメンをすすり始める。

察しの悪い大井戸でもさすがにこれは気付くことが出来た。

「あのー、僕のことは気にしなくて良いですよ」

豚骨ラーメン屋に行くことは全力で推奨しつつも、やはり男子の前でニンニクを嬉々として入れる姿を見せなくないのだろう。

そんなことを大井戸が今更気にするわけはないのだが、ここはしっかり伝えるべきなのだろう。

大井戸の言葉を聞いて、二人はゆっくり顔を上げ始めた。

視線は、ニンニクの容器に注がれている。

「……いつも上から目線なのにニンニク程度我慢できない卑しい先輩って思わない？」

「ニンニクを入れた後も、僕にとっては尊敬すべき先輩です」

「……仲良くなった同級生女子がニンニク臭くても嫌いにならない？」

「ニンニク入れた後も、僕はもっと仲良くなれればと思ってるよ」

大井戸の返答を受けて、まずは優芽が――その後愛里が勢いよくニンニクをラーメンに入れた。

美味しそうに食べる二人を見て、大井戸は美鈴と一緒に笑い合った。

ラーメン店から出る直前に、「ありがとうございましたぁ！」という店員さんの声が聞こえてきた。その声がやけに爽やかで聞き覚えがあるなと思い振り返ってみると――レジ前に田宮の姿があった。

先ほどレジを打っていた店員さんと交代したようだ。

以前、ラーメン屋で皿洗いをしていると言っていたが、このお店で働いていたのか。

「声かければ良かったんだけどよ、楽しいところを邪魔しちゃいけないなと思ってよ」

――恐らく、女性陣に気を遣ったのだろう。

これほどまでに気を遣えるからモテるのかと思いながら、大井戸は「ありがとう」とだけ呟いた。

「それにしてもよ、あまりにも楽しそうだったから――ちょっと羨ましかったぜ」

この一言を受けて、大井戸は、感極まってしまった。

他でもない田宮からこんなことを言ってもらえるとは思ってもいなかった。

「ありがとう、ごちそうさまでした！」

泣きそうになるのをこらえながら、大井戸は店を出た。

「色々あったなぁ……」

現在午後八時半。

今日のバイトは残り三十分となった。

客足もまばらになり、レジの前に立ちながらぼんやりとこの半月のことを思い返していた。

部活に勉強にバイトと、これまでやってこなかった三つの事柄に全力投球をした。まだまだこれからだとは思うが、ひとまず続けられたことは誇りに思っても良いのではと思う。

──半月前、大井戸は追い込まれていた。

すぐにでも彼女が欲しい。

高校生のうちに彼女を作らなければならない。

『モテ期』が来ないのならば少しでも好きになった女子がいれば告白をしまくって、彼女ができる可能性を上げるしかない。

そう、思っていた。

あの時確かに追い込まれていたが、自分は恋愛感情に陥っていたと言えるのだろうか。

今は、正直、自信がない。

美鈴という『好きな人のために頑張ることが出来る』人物を見て、考えが一新されてしまった。

恐らく、美鈴の恋愛は成就しない。

恋する相手がいつも田宮のような人物なのであれば、そういう人物はかなりの『モテ期』に入っているとともに、すでに彼女がいるパターンが多いだろう。

それでも、美鈴は幸せそうだった。

恋愛感情に陥っている自分をはっきりと肯定していているような、そんな雰囲気すら感じ取れた。

「僕とは大違いだなあ」

あれほどまでに焦って、何がしたかったのだろう。

——今では大井戸は、このような考えを持つようになっていた。

そして、こう思えるようになった大井戸は——半月前に立てた三本柱をしっかり維持していこうと改めて心に誓った。

部活動と勉強はもちろんのこと——人間関係で悩んでいるこのコンビニバイトも頑張る。ようやく頑張ることができる。

そう思っていた矢先、コンビニバイトにおける唯一の悩みの種が現れる。

「さっさと休憩終わってくれない？　それとも辞める？」

フライヤーのタイマーをセットしながら、嫌味ったらしく大井戸につっかかるのはいうまでもなく大柳だった。

相も変わらず大井戸の方を見ようともしない。

けれども大井戸は気付いていた。

今日の彼女はいつもとは違う。

普段ならおよそ一時間に一度嫌味を言ってくるだけであった。それ以外の時間は基本全て無視だ。今日のように、仕事をしながらまで嫌味を言ってくるのは、初めてと言っていいだろう。

では、なぜ今日に限って大井戸に突っかかって来るのか。

そんなことは、決まっている。

「大柳さん」

誰も会計を待っていないことを確認してから——

フライヤーの前にいる大柳の姿を見ながら大井戸は言う。

「八つ当たりはやめてくれないかな」

「はぁ？」

顔を右に向けて、大井戸の方を見る。

大柳は、怪訝な表情であったが、それと同時に冷や汗をかいているようだった。

フライヤーの近くが暑かったからという訳ではない。

つまり彼女は動揺しているということであり——図星をつかれたということになる。

「何の根拠があって八つ当たりしてるって言ってんのよ。そういうあんたこそ八つ当たりなんじゃないの？　日頃のイライラをぶちまけないでくれる？　どうせあれでしょ、学校の女子に相手されないからって私に突っかかって相手してもらおうとか思ってんじゃないの？　そういうの気持ち悪いからやめて。本気でやめて」

「それは大柳さんのことでしょ」

「は、はぁ？　何を言ってんのよ、そんな訳、ないでしょ」

見るからに動揺している。

――大井戸は、この事実を告げたら大柳が戸惑うことをわかっていた。

だからこそ大井戸は発言した。

決して普段の仕返しなどという、下賤(げせん)な考え方の上ではない。

「僕さ、知っちゃったんだよね。大柳さんがバイトをしてお金を貯めてる理由をさ」

大井戸は前々から気になっていた。

大井戸がコンビニバイトを始める前に、すでに大柳の研修バッジはとれていた。

そんな大柳は、大井戸よりも多くシフトに入っている。

つまり大柳はずっと前からバイトをしていてお金を稼(かせ)いでいたのである。

大井戸はバイトをすること自体が目的である。最近は貯めたお金でデート代を払えるようにしようと考えている。それもようやく最近になってぼんやり思い描けるようになったことだった。

ただ、大井戸と同じような理由でバイトを始める者は少ないだろう。

多くの高校生は、自分で使えるお金が欲しいが故にバイトをするのではないか。

では大柳は、何のためにバイトでお金を稼いでいるのか――

その理由は、彼女が所属する部活動に起因していた――

「八重樫友則(とものり)っていう二年生、知ってるよね？」

その名前を聞いて、大柳はフライヤーを放置して勢いよく大井戸に詰め寄ってきた。

大井戸の両肩をきつく掴み、ゼェハァと息を荒らげる。

「あんたが……八重樫先輩の名前を出さないでよ……！」

「普段僕に対して冷たく接していたの、八重樫君が原因だよね？　別に八重樫君とは友達ってだけだからそんなに冷たくしなくてもよかったんじゃないかな。ついでに言うと田宮君とも友達だよ。知ってるかな？　サッカー部のエースで、今日、大柳さんが所属している部活にお邪魔したはずだけど」

「へ、へぇ……あの忌々しい爽やか野郎もあんたと繋がっていたの。つくづくあんたにはイライラさせられるわね」

「繋がってるっていうか、友達なだけだけどね。ちなみに君が田宮君に言った言葉も聞いてるよ。なんだっけ。『部活の邪魔しないでよ！』だっけ？　八重樫君も田宮君もびっくりしてたらしいよ」

「あああああああ！　やめて！　やめてよぉ！　それ以上言わないで！」

普段嫌味しか言わない大柳が、あたふたと耳を塞いで悶えている。

恐らくこれが彼女の本性なのだろう。

構うもんか。

今まで散々罵倒されてきたんだ。

少しくらい反省させても罰は当たらないだろう。

「よく言えるよねえ。これまで散々部活動の邪魔をしてきたのにさあ」

悪い顔をしながら、大柳に向けてこう言った。

「『モテ期』に入ったからって調子に乗っちゃ駄目でしょう」

大柳桜子がバイトをする理由は、部活動にお金がかかるからだった。

大柳桜子は——ブラスバンド部に所属しており、担当はトランペットである。安いものでも五万円はするらしく、高いものだと十万円を優に超えるらしい。

彼女は自分専用のトランペットを買いたいのではないだろうかと大井戸は考えている。

——買い替えたい。

つまり大柳は、真面目に部活動に取り組もうとしているのである。

しかしここで矛盾(むじゅん)が生まれる。

大柳は現在『モテ期』であり、『モテ期』を利用し、部内の男子をあらかた惚れさせた混乱の元凶だと八重樫から聞いていた。

八重樫から聞いた情報のみで判断していたため本当のところが見えていなかったのかもしれない。

現に、その張本人は、アルバイトも部活動も頑張ろうとしている。

「普段はメガネもマスクもしてないんだもんね。バイト中だけマスクをしてるのは、『モテ期』でお客さんを惚れさせないようにするためかな」

「うるさい」

「矛盾しているよね。『モテ期』を利用しまくったのに、抑えようとしている。部内をめちゃくちゃにしたのに、真面目に取り組もうとしている。矛盾だらけだよ、大柳さんの行動は」

「うるさい黙れ！」

「黙らない」

確固たる意志を持ち、大井戸は大柳と向かい合う。

大井戸は、今日のバイトの前に田宮と電話でした会話を思い出していた。

——「あの子はね、悪い子じゃないよ。『モテ期』の扱い方を間違えちゃっただけ。この後バイトで会うんだろ。だったらさ、サポートしてやってよ。俺が出しゃばってもあの部活の問題は解決しない。……だって、俺の『モテ期』が通用しない案件だから」

ファンクラブをも作るほどの『モテ期』が通用しない。

なぜなのか。

それは、ある人物の『モテ期』に起因する。

「僕はさ、大柳さんを困らせようとしている訳じゃないんだ。力になりたいんだよ」

大井戸は大柳に向けて真剣に言う。

大柳は涙ぐんでいた。大井戸の追及に耐えきれなくなったからではない。大井戸の言葉によって、自分が今現在どういう状況かを改めて理解したからである。

「もう、無理よ。私は取り返しのつかないことやっちゃったんだもん……もう、無理……」

「取り返しのつかないことって何かな」

「……ブラバンをめちゃくちゃにしちゃった」

「大柳さんはそのつもりなかったんでしょ？　告白もしてないのに、皆が大柳さんを勝手に好きになってしまった。大柳さんのモテ期力が凄かったってだけだよ。噂が誇張されて一人歩きしていた結果だって田宮君も言っていたよ。だから仕方ない」

「男子部員たちが授業後に私の教室前に集まって、部活動に毎回遅れちゃう」

「大柳さんが不真面目だから遅刻していたわけじゃないんでしょ。だったら問題ないよ。悪いのは『モテ期』だ」

「………………」

　言下に自分の悩みを問題ないと切って捨てる大井戸が、大柳はなぜだか妙に頼もしく見えてしまった。これまでこの話題を誰からも振ってもらえなかったからだろうか。それとも、大柳の弁護をしてくれる人が誰もいなかったからだろうか。

　どうすればいいかわからなかった。

　突如訪れた『モテ期』を、御することができなかった。

　自分が悪いのに、可哀想ぶることは出来ない。

　だから開き直った。とことんまで不真面目なふりをして、自分が悪いという流れに持っていった。

　『モテ期』に振り回されているとはいえ、自分が悪いのだからそれで良い。

　何も悪くない男子部員たちに部内のヘイトが集まるのも避けたかった。

悪いのは自分だけ。

大丈夫、『モテ期』が終われば元通りになる。

自分の汚名が返上できるかはわからないが、それでも、部は再び動き出す。

ブラスバンド部を去るという選択肢もあったが、大柳はそれを拒んだ。

辞めたくない。

──離れたくない。

「『モテ期』が暴走しているのはさ、大柳さんが誰とも本気で付き合っていないからだよ」

そんな大柳に、大井戸は真摯に対応しようとする。

大井戸の休憩時間はすでに終わっている。ロッカーの前から移動し、パソコンにて出勤時間を記録した。休憩時間は十五分。五分オーバーしてしまったが、まあ仕方がない。客がいないこともあって、大井戸はやけに落ち着いていた。

「ねえ、どういう意味！　それってどういう意味！　教えてよ！」

先日までは厄介なバイトの同僚だった。しかし蓋を開けてみればどうだ。悩める女子でしかなかった。

だから大井戸は──

レジ裏に行き、大柳が作った揚げ物をホットケースに移しながら──

笑顔で、大柳の質問に答える。

「これは誰よりも『モテ期』を羨んでいる僕だから得られた持論なんだけどね。モテ期力を誰か一人――恋人に向けてるっていう事実を知ったらさ、その『モテ期』にひっかかりそうな他の人たちは何とか自分の感情と折り合いをつけようとするんだよ」

「……どういうこと？」大井戸の作業を手伝いながら大柳は聞く。

「性懲り(しょうこ)もなく田宮君を例に出すのを許してほしいんだけど、田宮君はさ、今『モテ期』なわけじゃない？　でも彼女がいる。サッカー部のマネージャーさんだね。先輩にあたる人っていうんだから本当に羨ましいよ。僕はどっちかっていうと年上が好きだからなぁ……どうやったら年上と付き合えるんだよほんと……もってけないだろそこまで……」

「ああもう！　そういう醜い妬(ねた)みはどうでもいいから！　さっさと話を続けなさいよ！」

「それでこそ大柳さんだ」

いつも通りに罵倒できるようになった大柳の様子に安心しつつ、大井戸は言葉を紡ぐ。

「だからさ、田宮君の『モテ期』に引っかかった人たちは、ファンクラブっていうものをつくってその思いを誰かと共有しようとしたんだ。あわよくばなんていう思いもあるだろうけど、少なくともファンクラブがあることによって自(みずか)らに生じる恋愛感情を昇華させる場は出来たわけじゃない？　これは間違いなく、田宮君が選んだかけがえのない一人以外の人たちが導き出した解決策になると思うんだ」

「な、なるほど……」

大井戸の話を聞いて、大柳は納得する。

「そう言われてみると確かにそんな現象は起こるのかも。新浪先生からも授業でそんな話聞いたことある」

「え？　新浪先生って授業中もそんな話してるの？」

「そうよ。新浪先生ね、『モテ期』になってから告白されまくったらしいんだけど、いざ一人を選んだらそれ以降パッタリやんじゃったんだって。でもまだまだモテたかったから選んだ一人に隠れて他の男友達に告白しまくってチヤホヤされていたら、その噂がすぐに流れちゃったらしいのよ。結果、最初に選んだ一人からそっぽ向かれた挙句、『モテ期』が終わったら全員新浪先生から離れていったんだってさ」

「さ、最低だ……」

これこそ『モテ期』に舞い上がってしまった悲しい女性の末路と言うべきストーリーなのだろう。

　大柳の悲劇など比ではない。

「さて、と。じゃあ作戦会議といこうか」

揚げ物をホットケースに並べ終え、誰も客が来ていないことを確認した大井戸は、気兼ねなく大柳に話しかける。

　自分の『モテ期』すらまだ来ていない人物が他人の『モテ期』をどうにかしようなどおこがましいにもほどがあるとは思うが、それでも、大井戸は黙っている訳にはいかなかった。

『モテ期』が来るということは恵まれているのだ。

　それなのに、『モテ期』に苦しめられていたり――『モテ期』を全く利用していない人物を見たりすると、腹が立って仕方がない。

自分だったらもっと上手く扱える。

だから早く『モテ期』に入らせてほしい。

「大丈夫？　怖い顔してるよ」

大柳が戸惑いながらも心配そうに聞いてくれる。根は優しい子なのだろう。大井戸に冷たく当たっていたのは、嫉妬心が故だ。大井戸は「大丈夫。ありがとう」と返しつつも、今までの大柳の言動を思い返していた。

——そう。

——大柳は大井戸に、嫉妬していた。

「とりあえず、大柳さんがブラスバンド部でしたいことって何かな」

「アバウトな質問ね。えっと……男子部員たちとの関係を全員元通りにしたいのと、皆にもう一度私を受け入れてほしいのと、あと……えっと……ええ？　でもこれ、え？　言うのこれ？　え、でも、え？」

勝手に一人で頭を抱えてあたふたする大柳を見て、大井戸は微笑ましくなる。

大柳の方はまだばれていないと思っているようだが、大井戸はわかっているのだ。

「とりあえず今あがった問題点の解決法を考えてみよう。まず男子部員云々（うんぬん）は、誰かと付き合えば解決するよ。それか、あれだよ、誰か一人に自分の好意をぶちまければいいんだよ。そしたら今よりは鎮静化すると思うよ」

「んなっ！　簡単に言わないでよ！」

「前者は難しいかもだけど、後者は簡単でしょ。ねぇ？」

嫌味ったらしくドヤ顔で言う大井戸の様子を見て、大柳の顔から血の気がサーっと引いていく。

「もしかしてあんた……気づいてるの……？」

「何が？　主語を言ってくれないとわからないなあ？」

「意地が悪いわね！　それがあんたの本性なら改めた方が良いわよ。むかつく！」

「はっはっはー。大柳さんに言われたくないなあ」

「何よもう！　むかつく！」

わーきゃー言い合う二人は、傍から見るとただの仲が良いバイト仲間同士にしか見えなかっただろう。

大井戸はまさか大柳とこのような関係性になるとは思っていなかったので、軽く感動しそうになる。

大井戸にとって女子と仲良くなるということは、未だに神聖なことなのである。

自分なんかがこんなに幸せになっていいのだろうか。

そんな思いが根底にあるから、大井戸は大柳のために一肌脱ごうと思ったのだ。

「皆にもう一度受け入れてほしいっていう悩みもさ、大柳さんが隠し通せていると思っている感情をぶちまければなんとかなると思うよ」

「何様よあんた！　むかつくむかつくむかつくむかつくむかつく！」

「だからさ」

満面の笑みを浮かべ——

精一杯大柳を安心させてあげようと心がけ——

一気に、こう言ってのけた。

「明日、八重樫君に告白しに行こう」

その発言を聞いて、大柳は顔を真っ赤にして俯き、何も言えなくなってしまう。

彼女にも気持ちの折り合いをつける時間が必要だろう。

入り口の自動ドアが開く音がして、客が入ってくる。

いらっしゃいませと大井戸は言い、レジ袋を用意しながらちらちらと大柳を見ていた。大柳はちょうど大井戸を見ており、視線が合ってしまう。すぐさま大柳は目線をそらし、レジ裏にて密かに悶えていた。

——大柳さん、告白をするだけなら簡単だよ。

その一言は、言わなかった。

*

「大井戸。話って何だ」

翌日の昼休み。

大井戸は、八重樫を校舎裏に呼び出した。

先日まで舞台用具が散乱し、誰も近寄ることのなかった場所だ。

今日もブルーシートが一面に広げられているだろうとほとんどの生徒が考えているのか、人が近寄る気配すらない。

だから八重樫と対峙する場所に、ここを選んだ。

「もう昼ご飯は買った？」

「ああ。さっき購買で一番人気の焼きそばパンを買ったところだ」

「じゃあ昼ご飯を買いに行く時間はとらなくてもいいね。大丈夫、焼きそばパンを食べるくらいの時間は残せるから」

「……何をする気だ」

「八重樫君の実態をはっきりさせようと思ってね」

八重樫の前では普段見せないほど真剣な表情を、大井戸は浮かべている。

それを見て、どうやら今から始まるのはかなり重要な話らしいと八重樫は身構える。

「昨日、田宮君から色々聞いたよ」

さっそく大井戸はこう切り出した。

「ブラスバンド部内の男子全員に愛想を振りまくっている女の子に、田宮君が会ったんだよね。でも、その女の子が田宮君に惚れることはなかった。何でだろう」

「単純に、田宮のモテ期力があの後輩のモテ期力に負けていたからだろう」

「いやそれはないって。学校外にもファンがいるほどのモテ期力だよ。ブラスバンド部内にしか影響を及ぼせないモテ期力じゃ太刀打ちできるはずがない。この条件下だったら、その女の子はどうあがいても田宮君に惚れるしかないんだよ。でも、惚れなかった。何でだろうね」

「お前、わかって聞いてないか」

八重樫は鋭い視線を大井戸に向ける。

大井戸は静かに頷いた。

そんな大井戸の姿を見て、八重樫は、頭を振った。

「……ボクには皆目見当もつかない」

この表情は、どちらだろうか。

わかっているのか、わかっていないのか。

じっくり間を置いてそれ以上八重樫が喋らないことを確認し、大井戸は「じゃあ言うよ」と話を続けた。

「田宮君は爽やかイケメンだ。年上のような頼りがいもあれば、年下のような人懐こさも兼ね備えてる。どんな女性の好みにも当てはまる凄まじいモテ男、それが田宮君だ。僕とは大違いだ」

「言っていて悲しくならないか」

「うるさいよ！　体張ってるんだよ、僕も！」

ゴホンと一息つき、話を続ける。

「そんな田宮君の『モテ期』に引っかからない女性は、僕が考えられる限り、二種類だけだと思う。まず、田宮君以上のモテ期力を有した『モテ期』に入っている女性だ。まあそこまでのモテ期力を持っている人がいたら、この学校のトップに君臨していると思うけどね。残念ながらそんな人はいないから、今回の女の子がこの種の女性である可能性は外す。じゃあ、残るはあと一種類の女性のみだ」

「どんな女性だよ」

「――田宮君に初めて会う前に、田宮君以外の誰かをとてつもなく好きになっている女性だ」

大井戸の発言を聞いて、八重樫は何も言わずに考え込んだ。

大井戸が提示した条件ならば本当に田宮のモテ期力さえもはねのけることが出来るかどうかを、あらゆる方向性から考察しているのだろう。

だが大井戸はわかっている。

この条件は、間違いなく田宮のモテ期力をかいくぐることが出来る。

一度芽生えた恋愛感情が――長く長く燻（くすぶ）っていた恋愛感情が――突如現れたイケメンによって崩されるなどということは、あり得ない。

「……なるほど、なんとなくはわかった。だから田宮は昨日、数分話しただけで『俺にはどうにもならない』という判断を下したんだな」

八重樫が神妙に頷く。

「しかしそうなると、あの後輩が部内をかき乱した理由がわからないぞ」

「それに関しては本人に聞いてよ。全部が全部大柳さんのせいじゃないってことにはならないけど、悪気はなかったんだ。大柳さんも辛かったんだよ。だから責めないでやって欲しい」

「ん？　なぜ大井戸がその名前を知ってるんだ？　プライバシー保護のためにあえて名前を言わずに話していたはずなんだが」

「ま、それも追々ね。ちなみに田宮君から聞いたわけでもないから、そこんとこよろしく」

そこまで喋り、大井戸は「じゃ、ここからが本番だ」と言葉を紡ぐ。

大井戸は、怒っていた。

目の前の男に対して――怒っていた。

「……何だよ。どうした。何でボクをにらみつけるんだ」

全く心当たりがない八重樫は、突然向けられた険しい視線に対して戸惑うことしかできない。

そんな様子を見て、大井戸はこれまた怒りを募(つの)らせてしまう自分に嫌気がさしそうだった。

この怒りは、妬みからしか生まれていない。

かっこ悪すぎだろう、僕。

「水臭(みずくさ)いよなあ、ほんと。言ってくれればよかったのに。僕に対する同情なのかな。そんな同情、本気でいらないよ」

そう言って、ゆっくりと人差し指を八重樫に向けて、皮肉めいた表情を浮かべながら大井戸はこう言った。

「いつから『モテ期』に入っていたのさ」

息を呑む音が、八重樫から聞こえてきた。

その反応を見て、やはりそうだったのかと大井戸は思う。

八重樫が大柳の『モテ期』になびかなかった理由——

それは、大柳のモテ期力よりも八重樫のモテ期力の方が強かったからに相違ない。

大柳がブラスバンド部の男子全員を手玉に取るほどのモテ期力に対し、八重樫のモテ期力は
——ブラスバンド部の女子全員に影響を及ぼすほどのモテ期力だった。

単純な話だった。

この高校のブラスバンド部は、女子部員比率の方が高い。

「……二カ月くらい前から、『モテ期』に入った」

八重樫は観念したように言葉を絞り出す。

「ボクも、大井戸と同じように『モテ期』を渇望（かつぼう）していた」

「知っているよ。昼休みにたくさん喋ったもんね。『モテ期』に入ったらどうなるんだろうって」

「そう。だからボクは憧れていた訳だ。『モテ期』に入れば何もしなくても彼女が手に入るんだろうって。大会はまだ先だったが自主練とかして休日も毎日学校に通っていたから、誰かから告白くらいはされるんだろうと楽しみにしてた。後輩受けも同級生受けも先輩受けも悪くないという自負があったから、何も疑っていなかった。いつか誰かから告白されて、彼女が出来

るんだろうと。……でも、誰からも告白されなかった。皆、『モテ期』に入る前と同じ態度だったんだ」

「………」

「その時、ボクは悟った。ボクのモテ期力は、ほぼ毎日接している人にも通用しない。『モテ期』に入っても、ボクはモテなかった。こんなこと誰に言える！　言えるわけがないだろう！　ボクは、生涯、モテない！　何の希望もない！　どうすればいい！　なあ大井戸、教えてくれよ！　どうすればボクはモテる！　ボクは、誰からも好かれない！」

「八重樫先輩、それは違います！」

校舎裏に登場したのは、言わずもがな大柳だった。

それまで校舎の陰に隠れて、事のなりゆきを見守っていたのである。

当初の予定では大井戸の合図で飛び出してくるはずだったが、我慢が出来なくなったのだろう。

いいや、これでいい。

大井戸は、二人を見守る。

「八重樫先輩がモテないなんて、そんなことないです！　ブラバンの女子全員、八重樫先輩が大好きです！」

大柳は涙目になっていた。

その様子を見て狼狽えるも、八重樫はしっかりと向き合う。

「嘘だ。だったらなぜ誰も僕に告白してこない！」

「皆、八重樫先輩の邪魔をしたくなかったんですよ！」

八重樫に負けないくらい、大柳も叫んだ。

「誰よりもブラバンに熱心な八重樫先輩が、皆、大好きなんです！　だからこそ告白できなかった。八重樫先輩は恋愛に興味なくて、ブラバン一筋だと思ってたから。でも違った！　八重樫先輩も、高校生男子だった！　こういうのをギャップっていうんですね！　正直最高です、八重樫先輩！　胸熱！」

「……いや、普通に考えてかっこ悪いだろう。こんな、ああ、ボクは何を叫んでいたんだ」

今更ながらに思いのたけをぶちまけたのが恥ずかしかったのだろう。

しかも大井戸に言っているつもりだったのに、部の後輩に聞かれてしまった。

更に、その後輩は部内混迷の原因でもあった。

これで恥ずかしくないという方が嘘になる。

だが、そうやって後悔する八重樫を見て、大柳は嬉しそうに悶えていた。

「私しか知らない先輩の姿！　最高です。ゴチになります！」

「ど、どうした桜子さん……？　君、そんなキャラだったっけ……？」

「すみません、部活では超猫被っていました。というか私含めたブラバン女子全員、八重樫先輩の前では猫被っていますよ。本当は皆、気持ちをぶちまけたくてたまらないんですから」

「……え？」

あからさまに八重樫は嬉しそうな表情になった。

普段の姿からは考えられない顔だなあと大井戸は一人ほっとしていた。

「二カ月くらい前――つまりは八重樫先輩が『モテ期』に入った頃、女子全員で協定がしかれたんです。大会が終わるまでは八重樫先輩に告白しない。その協定を破った者は、八重樫先輩に対する愛が一番足りない奴だって」

「あ、愛だなんて、そんな」

「もじもじはしないでよ……普段と違い過ぎでしょ……」

思わず突っ込んでしまった大井戸に向けて「黙ってなさいよ大井戸ぉ！」と叫ぶのは大柳であった。どうやらこの期に及んでも八重樫と仲が良いのを嫉妬されているらしい。男同士の友情なのだから別段良いじゃないかと大井戸は思うのだが、とにかく仲が良いことが許せないらしい。

どれだけこの女子は八重樫のことが好きなんだ。

「だから……皆、告白しなかっただけです。自信持ってください。八重樫先輩は、ブラスバンド部の誰よりもモテ男です」

「…………」

そこまで聞いて唸りながら地団駄を踏む八重樫を見て。

　大井戸は、ふと、ある考えに行き着く。

　あれ？

　八重樫に誰も告白できないということは、つまり大柳は八重樫に告白するつもりがない？

　そうしたら、暴走する大柳のモテ期力を抑え込む術はないのでは？

「万策尽きてないか……？」

　田宮が大井戸に下駄を預けた案件だ。だから解決法が必ずあるものだと思っていた。

　けれども実際はどうだ。

　ブラスバンド部の大会までに大柳の『モテ期』をコントロールしたいのだ。

　そのためには大柳が想いを寄せている人物である八重樫に気持ちを伝えなければならないのに、当の本人にその気がない。

「やばいでしょこれ……」

　八重樫のために、あとやれることは何だろうか。

　――駄目だ駄目だ駄目だ！

　――大柳さんを説得して八重樫君に無理矢理告白させることしか思い浮かばない！

　まさかここまできてこんな落とし穴が待っているとは思わなんだ。

　田宮は何を考えているのだ。

　こんなことが待ち構えているのなら、自分に任せないでほしかった。

　この案件は自分には荷が重い。

どうしようもこうしようもない。何をすればいい。わからない。

「駄目だ、万策尽き――」

「好きだ」

その言葉が誰から発せられたものなのか、最初はわからなかった。

でも、その言葉が男性のものであることはわかった。

大井戸ではない。大井戸は、万策尽きたと言おうとしていた。

ある意味最もこの場にそぐう発言をしたのは、誰なのだろうか。

そんなことは、一目瞭然である。

口をパクパクと開けたり閉じたりを繰り返し顔を真っ赤に染めているのは、大柳だった。

その目の前で、同じく顔を真っ赤にしながら、真剣な眼差しを大柳に向けている男が一人いた。

八重樫友則だった。

「……なるほどね」

田宮が大井戸にこの案件を任せた一番の理由が、これだったのだろう。

女性陣からの告白が駄目でも、八重樫からの告白は誰も咎めることが出来ない。

なんてことはない。

双方のモテ期力など関係がなかったのだ。

大柳が涙を流しながら勢いよく八重樫に抱き付き、それを八重樫がしっかりと受け止める。

大井戸は、おめでとうと、素直に思った。

——その時だった。

『大井戸公也様』

頭の中に、突然、声が響いた。

『貴方は只今よりモテ期に入りました。期間は一週間です。将来のパートナーを見つけるチャンスです。頑張りましょう』

第四章　モテ期が通る

「す、好きです！　私と付き合ってください！」

木曜日の昼休み中盤。

ある女子高校生が、下駄箱前にて想いを伝えた。

その女子高生は小動物的な愛らしさを備えたとても可愛らしい外見をしていた。白昼堂々の告白ということでそれ相応に頬を朱く染めている。小さな背中とポニーテールが印象的な、そんな人物であった。

対して告白をされた男子高校生は、平凡な背格好をしている。

制服を第一ボタンまでしっかりと留めている一方で、寝癖がついているボサボサ頭が印象的な男子である。顔のつくりも平凡そのものであり、モテそうというにはほど遠い、そんな人物であった。

そんな男子高校生が突然の告白を受けて頬を朱く染め、背中を下駄箱に押し付けられていた。出来るだけ女子高校生から離れようとしている心境が手に取るようにわかる。

それもそのはずである。

二人の周りには、その他大勢の生徒がいた。

その中には、八重樫友則と大柳桜子という、男子高校生——大井戸の知り合いもいる。二人は大井戸と同じく驚きを隠せなかった。口をポカンと開けて、信じられないといった顔を知らず知らずのうちにしてしまっている。

下校しようとする全員が全員、マジかという表情をし、固まってしまった。

野次馬根性しか働かない。

「……大井戸君？」

距離を取られた挙句口をぱくぱくと開け閉めすることしかしてくれない男子生徒の様子を不思議に思ったのか、女子生徒が慌てて発言を続ける。

「そ、そうだよね、声小さかったもんね！　そりゃ聞こえなかったよね！　じゃあもう一回言うね！　大井戸君、私はあなたのことが」

「き、聞こえてる！　聞こえてるから言わなくていいよ！」

男子生徒は必死に叫ぶ。

「あ、ほんと！　よかったぁ……」

女子生徒は安堵し、緊張感が包む中返事を待つ。

「……えっと……あ、駄目だやっぱ意味わかんない」

散々頭の中で考えてみたが、今現在自分の身に起こっている出来事に対して処理能力が追い付いていなかった。

「柏木さん。これってどういうこと？」

「そんなの決まってるじゃん」

「あ、うん、柏木さんの僕に対する気持ちはわかるんだ。うん、ありがとう。本当に嬉しい」

「じゃあ……！」

「わからないのは他のことなんだ！」

顔が熱いのを自覚しながら、それでも出来うる限りの真剣な表情を、女子生徒――柏木加奈に向ける。

柏木加奈。

半月ほど前、大井戸が下駄箱前にて告白をした女子である。

「柏木さんさ、僕が告白したときは付き合えないっていう返事だったよね。その柏木さんが、何で僕に告白してくるの！」

「だって、最近の大井戸君カッコイイんだもん」

「……は？」

顔を真っ赤に染めるよりも先に、開いた口がふさがらなくなった。

この人は何を言っているんだ。

カッコイイという表現を向ける相手を間違えてないか？

「そんなこと、ないでしょ……」

「そんなことないことないよ！」

「否定に否定を重ねられた！」

「つまり肯定って意味だよ。大井戸君はカッコイイんだよ！」

やけになったのか何なのか。

柏木は、大井戸よりも顔を真っ赤にしながらも、大井戸の方を見て全力で叫び始める。

「告白されてからちょっとだけ気になり始めたの。あんまり喋ったことなかったけど大井戸君ってどんな人なんだろうなぁって。だから八重樫君や田宮君との会話に聞き耳を立ててたの」

「そ、そんなことしてたの？　気づかなかった……」

「盗み聞きに関してはごめんなさい！　でもそのおかげで大井戸君のことを知ることができたの。授業終わりにすぐさま部活に向かって頑張ってたり、その後バイトを頑張ってたり、それにもかかわらず勉強を頑張ってたり！　何事にも全力で取り組んでいる大井戸君のことが、いつしか頭から離れなくなっていった。声をかけようとは思ったよ。でも、なんだか恥ずかしくなっちゃって、出来なかった……」

「…………」

真剣な表情で柏木の話を聞く大井戸は、内心では生まれて初めてここまで女子から褒められて感動していた。心の中だけで狂喜乱舞する。告白されている場面で浮かれてしまうのはみっともないと思ったからだ。

内心、大喜びしている。

間違っていなかったんだ。

自分のやってきたことは、間違っていなかった。自分を磨くことによって女子から良い印象を得られるようにする。誰も見ていなかった可能性すらあったこの行動であったが、少なくとも柏木には届いていた。女子からの評価が上がっていた。決定的だったのは八重樫と大柳の問題を解決したことだろう。これにより、客観的に見て大井戸が女子にモテても違和感がないと神様とやらに判定されたのだ。

確証はない。

だがしかし、実際に『モテ期』が来た。

大井戸は、目的を達成したのだ。

——これが、『モテ期』の威力!

——僕が、女子から、告白されるとは!

以前は『モテ期』がいつ訪れるかわからない世界など迷惑以外の何ものでもないと考えていたが、いざ『モテ期』に入ってみるとこの世界はなんてすばらしいんだろうと感謝した。現金な男であるが、これぱかりは仕方がない。

何しろ大井戸は自らの手で『モテ期』を摑み取ったのだ。

それを踏まえて、大井戸は柏木を見る。

柏木は、自分に告白してくれている。本来ならばとてつもなく嬉しいことであった。生まれて初めて告白されたのである。そして、その相手は半月ほど前まで好きで、告白をしたこともある、クラスでも人気の可愛らしい女子。これ以上に幸せなことがあるだろうか、いやない。

――「僕も柏木さんのことが好きです！　こちらこそ、よろしくお願いします！」

それなのに、なぜか、大井戸は心の中に浮かんだその台詞(せりふ)を、口から吐き出すことができなかった。

代わりに沈黙してしまい、戸惑(とまど)いの表情を浮かべてしまう。

なぜだろう。

胸に抱いた感情をそのまま吐き出してしまえば彼女が出来て、女の子とイチャイチャする楽しい学校生活が送れるはずなのに。

頭の中に浮かぶのは、なぜか、演劇部の面々だった。

躊躇(ためら)いが生まれてしまった。

「……やっぱり、一度告白を振った相手に、逆に告白するなんて図々しいよね」

大井戸の沈黙を、問いかけに対する答えととったのだろう。

柏木が、泣きそうな顔になる。

「そ、そんなことないよ！」

本心から、大井戸は言った。

「柏木さんからそんなことを言ってもらえるなんて考えもしなかった。本当に嬉しいよ！　僕は今、幸せ絶好調だよ！」

「だったら何でそんな困ったような顔をするの？」

言われて気が付いた。

自分は今、困ったような顔をしているのか。

なぜそんな顔をしているのだろう。

今自分の身に降りかかっている出来事は、これまで生きてきて最も願ってきたものなのに。

「……ごめん」

口をついて出たのは、こんな言葉だった。

柏木は「私こそごめんね。ありがとう」と言い、大井戸に背を向けて小走りで去って行ってしまう。

その後ろ姿を、大井戸は無言で見届ける。

一番近くで見ていた八重樫と大柳は何かを悟ったように大井戸の両肩にそれぞれポンと手を置き、去って行った。

取り残された大井戸は、チャイムが鳴るまで下駄箱の前に佇(たたず)んでいた。

動けなかった。


放課後。

「で、私のところに来たってわけか」

五限目の授業の終わりを告げるチャイムが鳴り、担任の話を聞いて教室から解放されると、大井戸は一目散に職員室へと駆け込んでいった。

教室から出るとき、田宮と八重樫――そして柏木を含む女子数名から視線を向けられていた。

田宮と八重樫は見守ってくれているのだろう。

だが、柏木を含む女子数名のものは違った。

ぶつぶつと呟く女子たちの声が聞こえてわかったことだが、どうやら柏木は彼女たちの先陣を切る形で告白したらしい。

クラスの――そしてクラス外の女子の数名からも、大井戸のことが気になるという話が耳に入ってくる。『下駄箱で告白する二年生』として名と姿を色々な人物が知っていたこともあり、『モテ期』の影響を受ける女子は少なくなかったのだろう。

信じられないくらい喜ばしいことである。

頑張ってきて良かったとさえ思う。

しかし大井戸は――それどころではなかった。

誰かに相談しないとこれからの身の振り方がわからなかった。

自分の心情にどんな変化が訪れているのかは、わかっている。

しかしそれは頭の中だけであり、心がついて行けていない。

こんなことが相談できる相手は、今の大井戸には一人しかいなかった。

「新浪先生、すみません」

職員室でも白衣を着ている理科教師――新浪は、真剣に大井戸の話を聞いた。

八重樫と大柳の仲を取り持ったこと――

その結果かどうかわからないが、大井戸がとうとう『モテ期』に入ったということ――

『モテ期』に入った直後に柏木加奈という過去に好きだった女子から告白されたが断ったこと

――

話が進む度にうんうんと頷いてくれて、とても話しやすい状態で大井戸は出来る限り克明に自身の状況を伝えることができた。

「まず聞こう。お前には今、好きな女子はいるか？」

全てを聞いて、新浪はまずこの質問を大井戸にぶつけた。

大井戸がなぜ柏木からの告白を断ったのかを明確にするためである。

聞いている内容は馬鹿馬鹿しいが、極めて重要な質問であった。新浪と大井戸は今、そういう会話をしている。

――好きな女子。

大井戸は、そう聞かれて、すぐさま思い浮かぶ顔があった。

「今、誰を思い浮かべた？」

ほんのり頬を朱く染めた大井戸の変化を見逃さなかった新浪は畳み掛けて質問する。

柏木の告白を断ったのは、演劇部や勉強、アルバイトが忙しいからという理由だけではない。それもあるにはあるだろうが全てではないことが証明された。新浪はそれ以上何も言わない。

大井戸から何かを言ってくるのを待つだけである。

誰彼かまわず告白していたわけではない大井戸である。

誰かと付き合うなら、好きな人とが良い。

だから、柏木からの告白を断った。

「……今思い浮かべた人が」

新浪から質問を受けて数十秒沈黙していた大井戸が、ポツポツと呟き始める。

「僕の、好きな人だったりするんですか」

「それは大井戸が決めろよ。あとは大井戸がどうしたいかだ」

椅子に座りながら腕を組み、俯いた大井戸を真っ直ぐに見て新浪は言う。

「心の内に生じた衝動のままに行動するか。それとも頭で考えた冷静な判断に従って行動するか。どうしたいかは、お前次第だ。そこに私が干渉する気はないよ」

「僕が、どうしたいか」

「その通り。よかったじゃないか。お前は選択する自由を与えられたんだ。これは間違いなく、お前が頑張った成果だぞ。先生が褒めてあげよう」

そう言うと新浪は立ち上がり、大井戸の頭をくしゃくしゃと乱雑に撫でてやった。その行為自体は雑だったが、それでも新浪は心の底から笑顔であり、大井戸は「は、恥ずかしいんでやめてくださいよ」と言いながらも本気で抵抗はしなかった。

自分磨きをして、『モテ期』に入ることができた。

この時点で、半月ほど前に立てた目標はほぼ達成されている。

その先の決定権は、大井戸にある。

「新浪先生。相談に乗ってくれてありがとうございました」

ぺこりと頭を下げて、「失礼しました」と言い職員室から出る。

演劇部の稽古は始まっているだろうか。

わからない。

だから急がなければならない。

自分が何をしたいのかを明確にするためだ。

廊下を走り、階段を駆け上がり、二階へとたどり着いた。

二年四組から発声練習の声が聞こえてくる。他の三人はもう全員集まっているらしい。二年四組の教室の前に立ち、深呼吸をした。

「落ち着け、落ち着くんだ……」

鼓動の高鳴りが抑えられない。

これは急いで二年四組まで走ったせいか、それとも、半月ほど前から頭の中から離れない女性のせいなのか。

まだ、わからない。

正解を求め、大井戸は「遅れてすみません!」と言いながら扉を思いっきり開けた。

「公也、遅いよ。十分の遅刻」

「発声練習、始めちゃってるよ……」

二人の先輩が、大井戸の登場に即座に反応する。

残り一人——舞谷愛里は——

大井戸の顔を見て、ぱぁっと表情を明るくした。

その後大井戸がじっと自分を見つめているのに気づくと、徐々に顔を朱く染めていき、ぷいっと視線を逸らした。

——ああ……。

——本当に、『モテ期』に入ったんだ……。

自分が好きな人が、間違いなく自分を好きになってくれている現状が眼前に存在している。

さあ、ここで頭の中だけで問いかけよう。

ホームセンターでの優芽との会話を思い出す。

——「演劇部は大丈夫。あんたが自分磨きをして、『モテ期』に入ったとしても、揺るがない。だから安心して『モテ期』に入りなさいな。いつどこで『モテ期』になったとしても、私らはそれを受け止めてあげる」

優芽には出来るのだろう。

美鈴にも出来た。

だが、愛里はどうなのだろうか。

少なくとも視線を合わせるだけで目を背けてしまう彼女は、受け止めきれるのだろうか。

そして大井戸は思い出す。

頭の中に響いた、自身の『モテ期』の期限。

大会まで一カ月もない。

大井戸の『モテ期』は——一週間しかなかった。

大会が始まる前にこの恋を成就させないと、大井戸は彼女を作ることができない。

この恋を成就させようとすると、間違いなく愛里に影響を及ぼす。

この恋は、果たして成就させていいのか？


稽古が進み、休憩時間に入ると、優芽はいつも教室から出て階段を上がり踊り場に佇む。

演出である優芽がいなくなることにより、教室に取り残された役者陣が指摘されたところを確認しやすくなる。

その一方で、優芽にとっても次にどのシーンを練習するか考える時間となっていた。

そして、舞台担当である美鈴も先日作業が終わった舞台の最終確認のために教室から出る。

そうすると、残されるのは大井戸と愛里の二人だけになる。

「…………」

「…………」

二人分の沈黙と、台本のページをめくる音だけが教室を占領する。

先日まではこの沈黙が苦ではなかった。

お互い台本に集中していたし、二人の間には会話の合間に流れる沈黙すら心地良い関係性が成立していた。

けれども、今は沈黙が気になって仕方がない。

台本をめくるたびにちらちらと相手の顔が見えてしまうのが、気になって仕方がない。

ふいに、偶然の悪戯で、お互いの視線が重なる瞬間が生まれた。意図せず二人の手がぴたりと止まる。視線をそらすことなく見つめ合い、なんだか徐々に恥ずかしくなってきて目線を下に向けてしまう。そろそろ目が合うことはないだろうと思い視線を上げると、これまた偶然の悪戯かほぼ同時に上げたせいで、再度見つめ合うことになってしまった。

「……えへへ」

真っ赤になった愛里がはにかむ。

「っ！」

そのとてつもなく可愛らしい様子を見て悶えることしかできないと悟った大井戸は、「ちょっと優芽先輩に質問しに行く！」と叫び全力で教室を出た。

愛里から不審に思われてしまっただろうか。

そんなことばかりが気がかりな自分が情けない。

自分と愛里の他に誰か一人いれば稽古に専念できる。

だが二人きりだと、どうにもこうにも台本が頭に入ってこない。この状況はセーフだろうか、アウトだろうか。

「公也はギリギリセーフかな」

大井戸の心を読んだのか何なのか。

全速力で階段を駆け上がり踊り場にたどり着いた大井戸の様子を見て、ため息をついて優芽が言った。

「僕はっていうのはどういうことなんでしょうか……？」

「んなもん言わなくてもわかるでしょうが。愛里よ愛里。ったくもうあんたら見せつけてくれるわねー」

「え、何の、こと、でしょう、か」

「あんた、私を誰だと思ってるの」

優芽はやれやれと言いたげに額に手をあてる。

その手に隠れて優芽が鬱々とした表情をしたのを、大井戸はちらりと見てしまった。なぜここまで辛そうな顔をしているのだろうか。それほどまでに役者陣の演技が酷かったのか。いや、今日は調子が良い方だ。愛里は何とも言えないが、大井戸には自信があった。現に指摘も少ない。だから役者陣のせいではない、と思いたい。

では、何が原因なのだろうか。

大きくため息をついた優芽の真剣な眼差しの先には、大井戸がいた。

「公也。あんたさ――」

人差し指を大井戸に向けて、優芽は確信を込めてこう発言した。

「──『モテ期』に入ったでしょ」

「………………」

　思いもよらない発言に、大井戸は戸惑ってしまう。

「何でわかったんですか」

「そりゃわかるよ。あんたのこと、明らかにカッコ良く見えるからね」

「え！　今の僕、そんなカッコ良く見えているんですか！」

「うん。ま、私の琴線には触れないけどね」

「優芽先輩は演劇一筋ですもんね！　僕のモテ期力が通用しないなんて、尊敬します！」

「あんま調子乗らない方がいいよ。あんたは緊張感持っている方が良い演技出来るから」

「りょうかいです！」

　大井戸が喜んでいる姿を見て真剣な眼差しから一転、優芽は満面の笑みを浮かべた。

「いやはや、ほんとよく頑張ったよ。あんたは目的を達成できたんだ。いやーめでたいめでたい。これで前よりも自信を持って演技できるね。カッコ良く見えるから演技も映える。『モテ期』万歳！　いいこと尽くしだねえ」

「あ、それに関してなんですけど」

　優芽があまりにも喜んでくれるので、大井戸も少し嬉しかったが、彼女が喜ぶ理由が理由であった。明らかにその期待に添えないことは告げなければならない。たとえそれが大井戸にとって認めがたい内容であっても、目を背けたい内容であってもである。

「今回の『モテ期』は一週間だそうです。大会はあと三週間ほど先なので、『モテ期』が終わってから大会が始まります……」

「……そりゃあ、微妙に厄介なことになっちゃったね」

大井戸の発言を受けて優芽は表情を曇らせてしまう。

先ほど彼女が言ったメリットが全て消えるだけではない。

それだけでは、ここまで表情が曇る訳がない。

大会前に『モテ期』が終わる。

つまり、大会前には誰かに告白をしないと彼女を手に入れることが出来ない。『モテ期』に入るだけが大井戸の目的ではないのだ。

重要なのはその先である。

『モテ期』に入り、学校帰りにイチャイチャ出来る彼女を作ること。それが、達成しなければならない目的なのである。

『モテ期』が過ぎたら、大井戸は告白が出来ない。なぜなら『モテ期』でない状態で告白をして一度も成功しなかったから。

『モテ期』でないと告白をしない。

だから、『モテ期』中に告白をしなければならない。

「優芽先輩。教えてください」

かつてないほど真剣に、大井戸は聞いた。

「僕が告白をしても、舞谷さんは大丈夫だと思いますか」

その発言を聞き、優芽は顔の曇りを取り払おうと懸命になった。

ここで明るい表情をしないと大井戸は告白が出来なくなる。

――優芽は信じていた。

愛里は告白を受けても、感情の処理が出来ると。それくらい出来なくて何が役者なのだと心底思っていた。これは偽らざる感情だ。だから大井戸に明るい笑顔を見せたかった。

――「大丈夫、大手を振って言ってきな！」

こう言って、背中を押してやりたかった。

だが、なぜだろう。

表情が一向に晴れない。

「なん、で……」

仕舞いには口に出してしまった。

こんなことが言いたかった訳ではないのに――

「……そう、ですか。他の人にも聞いてみようと思います。変な質問をしてすいません。ありがとうございました、優芽先輩」

大井戸は、優芽の逡巡（しゅんじゅん）に気付くことなく肩を落として階段を降り、二階の廊下へと戻ろうとしていた。

人生の岐路に立たされている。

おおげさではなく、そう考えていた。

演劇部に入る前ならば『モテ期』に入った途端に何も迷わず告白をしていただろう。

——恋愛にしか興味がなかった自分が、演劇にも興味を持つことが出来た。

——興味を持ったきっかけの女の子を、好きになった。

その子のことを考えたら、告白をするかどうか悩んでしまう。

勿論告白をしたとしても断られる可能性もある。

演劇部の女子部員は全員万年彼氏なしと優芽は言っていたし、愛里自身、彼氏が出来たことがないとも言っていた。

彼氏がいる心配はとりあえずしなくて良いが、他に好きな人がいるかもしれないし、自分が彼女の好みではないという可能性は大いにある。

愛里は魅力的だ。

優芽も、美鈴も——演劇部でがんばる三人は——全員魅力的だ。

正直、演劇部に入る前にあの三人の誰かから告白をされてたら、即座にオーケーしていただろう。

「まあ、あの三人がどんな人なのかを知っているからだけど」

だからこそ思う。

呟きながら、大井戸は思う。

——舞谷さんに告白するのは、僕には荷が重いんじゃないか？

「告白するのは、自由だと、思う……」

階段を降りて廊下に足を付けた時、目の前に突然、こんなことを言いながら登場してきた人物がいた。

「み、美鈴先輩……？」

なぜだか彼女は切迫感を漂わせている。

小さな体から発せられるそれを、大井戸は何の心構えもなしに浴びた。

思わずたじろいてしまう自分に驚愕を覚えてしまう。

この先輩は普段は雑な言動が多い人だ。しかし、何かに追い詰められた時の行動力はとてつもない。それは、周りに人がいる中、下駄箱前で告白をすることが出来る大井戸さえも圧倒するほど凄まじいものである。

それほどまでの行動力を持つ人が、今、何の目的でここに現れたのだろうか。

「ま、待ち伏せ、していたの。公也君が階段から降りてくるのを」

「なぜですか？」

「………だ」

「だ？」

「誰がどこからどう見ても、間違いなく圧倒的に愛里ちゃんの演技に支障が出てるからだよ！」

美鈴の小さな体から全力で発せられたその言葉は、廊下中に響いた。

同じ階に存在する、教室の中にも。

二年四組にて台本を読んでいる愛里にも向けているのだろう。

そのために美鈴は必要以上に大きな声を出した。

台本を読んでいる彼女は、どれほど気まずかろうと、美鈴と大井戸に見つかることなくこの場から逃げることが出来ない。教室から出たら廊下にいる美鈴に見つかる。美鈴をやり過ごせたとしても大井戸が階段の前にいる。一方大井戸は、逃げるなんてことはしないはずだ。なぜなら美鈴が今から話そうとしているのは、大井戸が美鈴にもしようとしていた質問の答えだから。逃げようとすら思わないだろう。一歩も逃げずに、美鈴の主張を聞いてくれるはずだ。

そこまで美鈴は考えて、叫んでいた。

「優芽ちゃんが何も言えないのなら美鈴が言う。それくらい、させてよ！」

大声を出して息を切らしそうになるが、それでも構わない。美鈴は大ホールの後方にまで響くように声を発する。喉（のど）から声を出すのではなく、腹から声を出すのである。そんな演劇の発声方法を美鈴はここぞとばかりに使う。

それによって何を伝えたいのか。

大井戸と愛里は、肌で感じ取っていた。

「雄一（ゆういち）君にお熱な私が何言ってるの馬鹿じゃないって思われるかもしれないけど、私は逆だと思うの。私だから言う価値がある。私が言うから、意味がある！」

一歩近づき、大井戸に、そして愛里に向けて叫ぶ。

「告白をするのは自由だけど、告白をされるのはある意味、押し付けなの。告白をする側はいつどんな時でもそれが出来るけど、告白をされる方は自分の意思ではどうにも出来ないの。だから、告白をするなら相手側のことを考えなきゃいけないの。恋をした相手が大切なら猶更なの。告白をしようとしている相手が告白された結果、人生を変えてしまう可能性すらあることを自覚していなきゃいけないの」

「じゃあ、僕は告白をしない方が……」

「だからって！　尻込みするのは違うでしょう！」

弱気になった大井戸に焦れて更に大きくなるその声は上下の階にも響き渡るほどの声量を持ち——二階と三階の間にある踊り場にいる人物にも、届いた。

三人が三人とも、美鈴の声に耳を傾ける。

「告白が出来るなら、した方が良いに、決まってるじゃん！　私を見てみなよ！　雄一君を好きになったはいいけど、彼女がいるから告白すらできない。はじめから負け戦なの。でも私は、雄一君が好きなの！　どうしようもないの！　こんなの……どうすればいいの……？」

泣きそうになりながら、美鈴はゆっくりと大井戸に近づいていく。両肩に手が乗った。苦しそうな美鈴の顔を見ていたくはなかったが、大井戸は目を逸らすことはなかった。それがこの先輩に対する礼儀であろう。

今、この先輩は自分を傷つけながらも伝えたいことを伝えようとしている。

「ねえ、教えてよ……彼氏いないの目に見えてるじゃん……何で告白しないの……？」

「……告白をした相手の演技に、支障が出てしまいそうだから」

「そんなの、告白してから考えればいいじゃない！」

「そんな、無責任な」

「無責任な訳ないじゃん！　責任は取りなよ！　支障が出たなら、支えてあげようよ！　そんなことも出来ないなら、告白なんてしようと思わないでよ！　相手の人生全部背負うくらいの気概がなくて、何が告白なの！　『下駄箱で告白する二年生』が、何を今更怖気づいてるの！」

その発言は、大井戸にとって、目から鱗が落ちるほど衝撃を与えた。

そうか。

支えればいいのか。

告白をした後のことしか考えていなかった。考えられなかったと言ったほうが正しいかもしれない。大井戸は誰とも付き合ったことがなく、誰かと恋仲になったとしてもどんな日常を送っていくかの実感がなかった。だから、告白をした結果、愛里の演技に支障が出たらどうしようとうじうじ悩んでいたのだ。

「…………」

なんて、馬鹿だったのだろう。

大会まで約一カ月あるんだ。

支障が出たのなら、解決していけばいいじゃないか。

恋愛感情をはっきりした状態で、なおもこれまでどおりの演技が出来るようにすればいい。

ただそれだけの話じゃないか。

「僕は、馬鹿だ！」

「そ、そうだよ！　公也君は馬鹿！　でも、勝ち目のない恋にはまっちゃう美鈴よりは馬鹿じゃない！」

「美鈴先輩……」

窓から差し込む日の光が彼女を照らしているように見えた。

自虐にも近い発言を繰り出す美鈴の笑顔は、これまで見たことがないくらい美しかった。自ら傷つきながらも誰かの背中を押そうとしている。そんな姿を見て、勇気が出ない訳がない。気付くと駆けだしていた。今までせき止めていた感情が溢れ出す。止めなくていいと悟ったのだ。それならば、駆け出すことに何の迷いがあるだろうか。

いや、ない！

「愛里いいいいいいいいい！」

彼女の名前を初めてしっかり呼んだ。不思議と恥ずかしさはなかった。あるのは、当たって砕けろという熱情だけ。ありったけを出し切ろう。自分はこの日のために頑張ってきた。この日のために生まれてきたんだ。それくらいの全力を見せつけないで何が青春か。

すると、勢いよく二年四組の黒板側の扉が開いた音がした。

中から出てきたのは、俯いて大井戸に顔を見せない愛里。自分の叫び声に応えてくれたのだと思った。だからその場で足を止めた。今まさに大井戸の心の中で、告白の舞台は整った。

「愛里……」

想像通り、彼女はその場に佇んでくれた。

大井戸はもう一度彼女の名を呼ぶ。柄にもなく大井戸は緊張していた。なぜだろう。これまでの告白ではあまり緊張した覚えがなかった。どうせ無理だとどこかで諦めていたからだろうか。しかし、この告白は違う。失敗する訳にはいかない。ここが正念場だ。背水の陣と言い換えても良い。

何を犠牲にしても、絶対に成功させる。

「僕は」

だから口を開いた。

心臓の鼓動が激しさを増す。

呼吸をするのが困難になってきた。

喉がカラカラだ。

それでも言う。

言わなければならない。

無意識のうちに拳を握ってしまっている。その拳にどんどん力が込められていく。

「愛里のことが」

額から汗が流れ始める。構うものか。声がかすれているかもしれない、自分ではわからない。

構うものか。命を懸けてでもこの告白は言い切る。どんな邪魔が入ろうと、絶対に！

「好――」

「駄目っ！」

そこまで言ったところだった。

ガバッと、愛里が顔を上げる。

その顔は、やるせない気持ちに満ちていた。

大井戸を見て、更にその顔が歪む。

「駄目なの……」

そう言う彼女は、悲しそうだった。言いたい言葉を胸に秘めて、押し殺しているような雰囲気。覚悟を決めた大井戸の言葉を中断させるほどの決意が、彼女にはあるようだった。大井戸は無言になり、愛里の次の言葉を待つ。

何が駄目なのか、その真意を聞くためだ。

――彼女を支えると誓ったんだ！

――それくらい待たなくてどうする！

そんな大井戸の気迫が伝わったのだろう。愛里は苦悶の表情になった。何かを言おうとしても、その口をつぐんでしまう。

何を言っても今の大井戸なら受け止めてくれる。

そう思ったからこそ、愛里は何も言えなくなっている。

「……駄目っ！」

そう叫ぶと愛里は踵を返し、走り出してしまった。

中央階段の他に、校舎の両端にも階段がある。美鈴や大井戸がいる場所を通らずとも彼女は下の階に行くことが出来るのだ。

大井戸は、愛里を受け止めると誓った直後に愛里に避けられてしまい——一瞬何が起こったのかわからず、動き出しが遅くなってしまった。

「どういうこと！」

思いもよらなかった逃走を見て、口をついて出たのはこの言葉だった。

愛里は何も返さない。

大井戸が走り出した時には、愛里はすでに二年五組の前を通り過ぎていた。後ろの方で美鈴が「頑張れ、皆！」と言う声が聞こえた。振り返っている余裕などない。急がなければ愛里を見失ってしまう。階段にたどり着くと、見えたのは一階に移ろうとしている愛里の後ろ姿であった。一段飛ばしで勢いよく駆け下り追いかける。大井戸は元々運動神経が良い方ではなく、逆に愛里は運動神経が良い方であった。二人の走る速度はほぼ同じであり、つまり大井戸は見失わないようにするには全力で駆け続けなければならないのである。

「追いかけてこないで！」

廊下を駆けながら愛里が叫ぶ。

「何で逃げるのさ！」

追いかけながら大井戸が聞く。

「そんなの、言えない！」

愛里は昇降口に向かう。

下駄箱にて靴を履き替えず、学校指定の上履きのまま校舎の外に出る。後ろを一切振り返らない。その行動に何の躊躇いもなかった。上履きが汚れることなど大した問題ではない。それは大井戸も同じだった。上履きのまま外に出る。愛里は右に曲がっていったので、大井戸も同じく右に曲がり追いかける。

なぜ逃げるのか。

その理由がわからない限り、大井戸は何も言えない。

学校の敷地は高い塀で囲まれており、正門を抜ける他に外に行くことは出来ない。

つまり、校舎の脇を通過している時点で、行きつく先は一つなのである。

校舎裏。

演劇部が舞台装置を作る際に使う場所。

彼女はなぜか、そこに行こうとしている。無論、行き止まりではない。校舎裏にたどり着いたとしてもそのまま足を止めなければ校舎の——今度は左脇に抜けることが出来る。本気で愛里が逃げるつもりならば、体力勝負になること必至であった。校舎裏に回り込んだ彼女を見て、その覚悟を少しだけ固める。なぜ彼女が逃げるのかわからないが、それでも追いかける。

追いかけたい。

愛里と話したい。

頭の中には、それしかない。

「なぁ大井戸、ちょっと待ってもらえるか？」

校舎をもう一度右に曲がろうとした瞬間に――一人の男子に遮られた。

他でもない、田宮雄一である。

「何でいるの……？」

予想だにしていなかった人物の登場に、こんな場面にもかかわらず、大井戸はつい疑問を口に出してしまう。

「完全に勘だぜ。大井戸含めて色んな人が困っているかもなと思ってここに来た。友人のピンチとチャンスに駆けつけなくて何が『モテ期』だ」

田宮が凄まじいことを平然と言ってのける。

それこそ彼の『モテ期』が持つ力なのだろう。

「田宮君、ごめん、そこどいてくれる？　愛里を追いかけなきゃいけないんだ！」

「それに関しちゃ大丈夫だ。この先で八重樫と彼女さんが足止めしてくれているからよ」

なぜその二人もいるのか疑問に思ったが、大井戸が真っ先に言いたいのは別のことだった。

「だったらそこに行かせてくれ。一刻も早く僕は愛里に告白がしたい！」

「だったらよ、ある女性の悩みを解決してからにしてくれよ」

「……何を言ってるの？」

「このまま走って追いついて告白したら、今愛里さんが逃げている理由がわかると思うぜ。でもそれは、ある女性からしたらやるせねえ結果になるんだよ」

田宮からの一言を受けて、大井戸は疑問を抱いた。

――なぜ愛里は自分から逃げる必要があるのか。

愛里の心を思いやれずして何が『モテ期』だろうか。

正念場を乗り越えるためにこれまで自分磨きをしてきたのだ。

何が何でも愛里の真意を汲み取ってみせる――

――自分が告白した場合、二通りの結末が予想出来る。

一つは大井戸の告白が成功する場合――

もう一つは大井戸の告白が失敗する場合――

どちらにしろ、大井戸の告白によって生じる影響は大井戸と愛里間のものにとどまるものだと大井戸は考えていた。だから、告白をするならば愛里とのことだけを考えればいい。愛里の演技に支障が出た場合の責任ならばいくらでも負える。大井戸はその覚悟をもってして告白に臨むつもりだった。

しかし逆にいえば、その覚悟しか持ち合わせていない。

大井戸と愛里の間に生じる波風しか、大井戸は考えていなかった。

「僕と愛里……だけじゃない……？」

大井戸の言葉を聞いて、正解だと言うように笑みを見せる田宮がそこにいた。

その様子を見て確信する。

大井戸の告白の影響を受ける人物は、大井戸と愛里だけではない。

他にもまだ、いる。

「………まさか、ね」

ここまで考えて、大井戸は一人の人物しか思い当たらなかった。

消去法でしかない。

けれども、本当にそんなことがあるのだろうか。

あそこまで演劇一筋の人物が、自分なんかが愛里に告白することの影響によって、部活に支障を来すなんてことがあるのだろうか。全く考えたことがなかった事案の出現に、大井戸は考え込んでしまう。

――その人物は稽古の際、いつも大井戸と愛里の目の前にいたから気づけた。

視線の鋭さが和らぐ時があるのだ。その瞬間は日々を重ねるごとに多くなり、今日――大井戸が『モテ期』に入った日、遂に、大井戸が部活に現れただけで表情が綻ぶほどとなっていた。

それは愛里が見せたのと同じ反応で――原因は明確だろう。

「ここまで来て何を隠れることがあるの、優芽ちゃん！」

——叫んだ人物は美鈴であった。

後方から、二人の人物が現れた。

今まで隠れていたのだろう。つまりこれまでの話をほとんど聞いていたということになる。その上で、このタイミングで——美鈴は苛立ちを隠さないまま、優芽を引きずり出してきた。

優芽は「やめて、ホント、お願いだから、無理だから」と弱音めいたことを呟きながら校舎の陰から出ようとしなかったが、意外にも力が強かった美鈴によって強制的に大井戸のいるところまで連れてこられる。

ダメ押しのように前に突き飛ばされた優芽が、よろめきながらも正面を向くと、その目と鼻の先に大井戸の姿があった。

瞬間、頬を真っ赤にして見ていられなくなり、ふいっと顔を背けてしまう。

「……そんなこと、ある訳、ない」

にわかには信じがたい光景に、大井戸は驚きを隠せない。

「優芽先輩が……僕を……？」

思い出されるのは稽古中に真剣に指摘をする優芽の姿だった。

演劇に対する熱意は誰にも負けないだろう。演劇以外のことにはまるで興味がなく、何をするにしても演劇につなげられないか考える。そんな姿勢が、優芽の持ち味だったように思える。

そんな優芽が、まさか自分なんかを好きになるなんてこと、あるはずがないと思っていた。

「本人から言うべきだと思うんだけど、どうなの？」

美鈴が腰に手を当てて怒っているという様子を表現していた。

優芽に対して、である。

「さあ、どうなの？　さんざん美鈴の恋愛事情に対して『そんな相手好きになってどうすんの』って意見してきたのに、いざ自分に恋愛感情が芽生えたら何も出来なくなるの？　失敗するのが怖くて物怖じしちゃうの？」

「…………」

「何か言いなよ、宇佐美優芽！」

美鈴の勢いに優芽はびくっと体を反応させる。恐る恐る顔を上げると、大井戸の顔がある。

大井戸を見る。真剣そのものな表情をつくろうとするが、ときめくのを止めることが出来ない、頬を染めることを防ぐことが出来ない。恥ずかしくなり、また俯いてしまう。

対して大井戸は、これまで厳しかった優芽の可愛らしい姿を見て、思わず胸がときめいてしまった。

「もしかして今、にやけたりした……？」

ニヤリと笑みを浮かべながら、美鈴がこう言った。

「そんなことはないです！」

「美鈴は見てたよ。間違いなくにやけてた」

大井戸の否定を美鈴はすぐさま否定する。こんな場面でその反応はないだろうと美鈴は完全に呆れていた。ここは真剣な場面である。だから気を引き締めなければならない。

でも、つい頬が緩んでしまった。

なぜなら、目の前に展開されたのは気が強い年上女性のギャップが発揮された姿である。

年上好きな大井戸にとって、その光景は何ともたまらないものであった。

「もう。だから公也君はモテなかったんだよ」

大井戸の胸にぐさりと突き刺さる言葉を平然と言ってのけた美鈴は、優芽に近づき、他の皆にも聞こえるよう耳打ちをする。

「優芽ちゃん、可能性あるよ。堂々としなよ」

「そんなことないって！」

言われて優芽は、大声を出した。

出してしまった、のかもしれない。

その声は恥ずかしさや可愛らしさからはかけ離れていた。本気で怒っている語気だ。呆気にとられている美鈴に向けて優芽は、「可能性？　あるわけないでしょ、そんなもん！」と叫ぶ。

「私はね、演出だから役者の表情をしっかり見てきたつもりよ。だからわかる。公也が誰を想っているか。愛里が誰を想っているか。この一時だけで籠絡なんて出来るわけないの。結果なんてわかりきってる！　何をしても、覆らない！　だから、そう、だから受け止めなきゃいけないの……公也が誰に何を言おうとそれを受け入れなきゃいけない……」

足に力が入らなくなり、地面に膝をついてしまう。胸に手を当てて、苦しそうに発言を続けようとする。しかしそれ以上言葉を紡ぐことが出来ない。頭にあるのは、大井戸と愛里が付き合っている情景だ。二人とも笑顔で、幸せそうで——やるせなかった。どうしようもない。自分には手出しできない。手が出せない。だから受け入れるしかない。受け入れなければならないのに、それが出来ない。

大井戸がその人物に告白をした瞬間に、このやるせなさが極限まで高まるだろう。

その後、演出という責任がかかっている役職をこなすことが出来るだろうか？

「そんなの、無理……」

もう遅い。

思いを口に出した瞬間、その思いを認めてしまったことになる。

「優芽先輩、大丈夫ですか！」

顔を上げると、大井戸が心配そうに自分に手を伸ばしていた。

それがたまらなくうれしくて。

思わず頬が緩んでしまった自分に嫌悪してしまう。

「駄目……やめて……」

今は、その優しさが辛い。

この手を握ることは、絶対に出来ない。

「優芽先輩、僕の手を握ってくだ——」

「やめてっ！」

差し伸べられた手を思いっきりはねのけた。やけに小気味良い音が響く。大井戸は何も言えなかった。大井戸だけではない。その過剰な反応に、ほぼ全員が固まってしまった。優芽は息を荒らげながらも、後悔してしまう。しかし、一度やってしまったことは取り返せない。立ち上がれなかった。前を向くことが出来なかった。

誰も動く者はいない。

気まずい空気が生まれようとした——その時だった。

「……じゃあさ、美鈴を見ててよ」

美鈴が何かを決意したように言う。思い詰めたような表情であった。そんな顔で優芽に向けてそう告げた後、動き出す。その様子を見て、大井戸には美鈴が何をしようとしているのかがわかった。美鈴の雰囲気が、自分の纏う雰囲気とよく似ているからである。

覚悟を決めた者だけが纏える雰囲気だった。

美鈴は一歩一歩踏み出していく。優芽の横を通り過ぎる。次に大井戸の横を通り過ぎる。

美鈴が誰を好きなのか知っている者だけその意味を気付くことが出来る行動だった。

「優芽ちゃん、見ててよ」

ぼそりと呟かれた内容が聞こえたのは、美鈴が嫌な汗をかきながら立ち止まった時に目の前にいた田宮雄一だけであった。

決意の先にいるのは、美鈴の思い人だ。

ハラハラしながらも大井戸は動けない。

田宮には彼女がいる。

だから美鈴が告白しても拒絶されるだけだ。

これはこの学校では周知の事実であった。美鈴含め、これまでに田宮に告白しようとした女子はほぼいない。やるとしたらそれは、玉砕覚悟の告白である。

恋を諦めるための告白——

しかしそれは美鈴からは遠くかけ離れていたものであった。

イケメンで『モテ期』に入っていればすぐに惚れてしまう。

その状況に自分を置いては、自然と熱が冷めるのを待つ。

そういう恋を、美鈴は今までしてきた。現に田宮との恋を叶えようとはしていなかった。このままでいい。何も起こらないけれど彼を想う日々さえあればいい。本気でそう思っていて、それで幸せだったから、告白をしてこなかったのだ。

けれども、今。

美鈴は、田宮の前にいる。

「ふぅー。お、思ったより緊張するね、これ。よくこんなの何回もやれるよ、公也君。美鈴は初めてだよ……ふぅー……」

その緊張が周りにも伝わっていく。彼女の行動を止める資格は誰にもなかった。覚悟を決めた行動。その後ろ姿は大きく、見る者を圧倒させた。

無論優芽にも、美鈴の勇気が伝わってくる。

「雄一君。き、聞いてくれる？」

美鈴は思わず確認してしまう。

「はい。受け止めさせてもらいます」

美鈴の考えを理解したのだろう。田宮は胸を張り、どんと来いという意思を示す。この場面でそういう行動をとれること自体が男らしく、そういうところが美鈴は好きだった。その傍(かたわ)ら、敵(かな)わないなと大井戸は思う。田宮はもちろんのこと、美鈴にもである。尊敬すべき先輩である。ここまでカッコイイことをされたら、自分磨きなどと称してこれまで向上したつもりでいた自分が馬鹿馬鹿しく思えてしまう。

美鈴は息を吸い、大きな声でこう言った。

「雄一君のことが好きです！　美鈴と付き合ってください！」

言い切った。

それは、美鈴にとって人生初の告白であった。心臓の鼓動が加速する。こんなにエネルギーを使うものなのか、告白というものは。美鈴はあまりの精神的な消耗によろけそうになるのをなんとか堪えた。毅然(きぜん)とした様を見せないといけない。そうしないと、優芽に伝わるものも伝わらない。しっかり立って、優芽に見せなければならない。

そう覚悟をし、前を向いた瞬間だった。

「ごめんなさい」

その発言は、美鈴の何もかもを打ち崩した。足に力が入らなくなりひざまずいてしまう。わかっていた。わかりきっていたことだった。それでも、涙が止まらない。言わなければ。この言葉を言わなければ。ここまでやったところで、ようやく優芽に伝えられる。

「ううん、こちらこそごめん、なさい。ありがとう……」

優芽の体に衝撃が走った。

告白に失敗した美鈴から出たのは、感謝の言葉だった。それは好きにならせてくれてありがとう、という意味だろうか。そんな考えは全くなかった。恋愛感情を——生まれて初めてもっても——辛いことしか起きなかった。

だから恋愛とは辛いことだと思っていた。

大井戸が他の誰かに告白をしたら辛い現実が待っているだけ。だから目を背けようとしていた。見たくなかった。

でもこれは、いつかは見なければならない現実なのだ。

どうせ待ち構えている現実。

美鈴はその現実に立ち向かい、玉砕した。だが美鈴はそれにより、辛い現実から離れることが出来る権利を得た。

あとは、美鈴次第なのだ。

——ああ、そうか。

——だから、ありがとうなのか。

「美鈴、ありがとう」

優芽は覚悟を決めることが出来た。

善は急げ。

大井戸が誰かに告白をするのを見たくないのならば、自分からすればいい。両手で頬をパァンと叩き、前に進む勇気を奮(ふる)い立たせる。これほどまでに応援されたのだ。これで動かなくて、何が演出だ。何が三年生だ。何が先輩だ。

恋する乙女は止まらない。

前に進み、目的の場所へとたどり着く。

大井戸は決意を固めた表情を浮かべていた。

一度やると決めたことをとことんまでやり通す男だ。

優芽は、大井戸のそんなところが――

「好きなの。こんなに誰かを好きになったのは初めてなの。だ、だから――私と付き合いなさい！」

照れ隠しなのだろうか。

語気が荒く、最後はなぜか命令口調になっている。

そんな可愛い優芽先輩に好かれて、大井戸は心底嬉しく思った。

けれども――好きな人は誰かという新浪の問いに対して、大井戸の頭に浮かぶ人物は依然(いぜん)として変わらない。

心苦しい気持ちしかない。

それでも言うしかない。

ここでごまかせるわけがなかった。

過去に幾人もの女性にこの気持ちを味わわせた自分が取り繕って良いはずがない。

だからこそ大井戸は、苦渋に満ちながらこう言った。

「ありがとうございます。でも、ごめんなさい。他に好きな人がいます」

「…………」

優芽は、何も言うことが出来なかった。

大井戸など比較にもならないほどの苦さを味わいながら、何とか立っている。

見るからに辛そうだったため、大井戸はその場から動くことが出来なかった。

自分の思い以上に、優芽のことが心配だったからだ。

――ふと、優芽が顔を上げて、大井戸を見た。

――そこには、自分を振ったくせに、そのことに対して罪悪感を抱く男の姿があった。

「そういう優しいところがずるいのよ……」

「え、優芽先輩、何か言いました?」

「うるさい！」

――ああ、やはりだめだ。

――自分は目の前の察しが悪い後輩男子がどうしようもないくらいに好きらしい。

だったら、振られた自分は、彼の幸せを考えなければならないだろう。

大井戸が自分を放って走り出してくれれば、後輩二人が幸せになれる。

その時、自分は二人のことを心の底から祝福できるだろうか。

考えた瞬間――『それは無理だ』と断定出来た。

けれども、少しは祝福できると思う。

なぜなら優芽は、大井戸だけでなく、愛里のことも大好きだからだ。

「あんたは何をぼうっと突っ立っているのよ」

そう言いながら優芽はしっかりと大井戸の方を向いた。

そこに、振られて打ち沈んでいる優芽の姿はないように見えた。

「でも、優芽先輩が心配で」

「何で私を振った公也に心配されなきゃいけないのよ」

「それはそうなんですけど……でも……」

「私のことなんて気にしなくて良いのよ。私は、私で、なんとかする！」

大井戸の両肩に手を置いて、その体を回れ右させた。

優芽の視線の先には大井戸の後頭部しかなく、大井戸の向かう先には――愛里がいる。

「あんたが今すべきことは何？」

「……愛里のもとに行くことです」

「だったら行きなさい！　私は、そんな公也が大好きなんだから！」

「ありがとうございます！」

大井戸は走り去っていった。

その後ろ姿が見えなくなった時、優芽は不意に涙が出て、地面に膝をついてしまった。

そんな優芽に対して、何も言わずに美鈴が抱き着いてくる。

美鈴も涙を流していた。

二人の先輩女子が抱き合いながら泣き叫ぶところを誰にも見られないように、背を向けて立つ田宮が、自らの体で人目を遮るように佇み続けていたのは言うまでもない。


『モテ期』に入り、大井戸は複数の女性に好いてもらうことが出来た。本当に好きな女性にも好いてもらえたし、大好きな先輩にも好いてもらえた。それは今までの人生では考えられないような出来事で、本当に嬉しい出来事で。感動で胸がいっぱいになる。

これまでの努力が報われた瞬間である。

誰も傷つけないというわけにはいかなかったのが、悔やまれる。

誰かを好きになる可能性があるということは、誰かに好きになってもらえる可能性があるということでもある。

沢山の恋愛感情を向けられる必要はない。一人を好きになり、一人から好かれる。それが出来れば、なんて幸せなことだろう。

だから、自分を卑下してはならない。

自分に自信がないのなら、自分に自信をつければいい。

自分に足りないものがあるのなら、それを補う努力をしなければならないのだ。

何もしないで誰かから好かれようというのは、土台無理な話なのである。

それこそ、『モテ期』でもない限り──


「愛里！」


校舎裏には三人の男女がいた。

八重樫と大柳が──愛里を引き止めてくれている。

二人に向けて感謝を述べるべきだろうが、大井戸はそれどころではなかった。

名前を呼ばれた彼女は、憂い（うれい）を帯びた表情を大井戸に向ける。

先ほどまで終始叫び合っていたので、大体の内容が伝わってしまっていたのだろう。

だから、愛里はもうすでに、優芽が振られたことと大井戸の気持ちを知っている。

それでも愛里は不安そうだった。これから演劇部はどうなってしまうのか。地区大会に向かって一丸となって頑張っていけるのか。だから愛里からは何も言い出せない。

そうであるならば、大井戸から言うのが筋でしかない。

これから起こりうる全ての結果に対して、全責任を負う。

それが出来なくて、何が告白だ。

これまで散々告白をしてきたが──一歩一歩が重く感じた。

まるで生まれて初めて告白をするかのようだった。

——もしかしたら、大井戸はようやく『告白』が出来るのかもしれない。

心の底から好きな女性に向けて、大井戸は、こう言った。

「好きです！　僕と付き合ってください！」

エピローグ

「何をにやついてんのよ鬱陶しい」

　土曜日の午前十一時半。

　レジの前に立ちながら、大井戸は大柳に罵倒された。

「大柳さんさあ、何で今もなお、僕に対して酷いこと言ってくるの」

「あんたが友則先輩と仲良くしているからよ。先週はあの忌々しい田宮も含めて三人で映画に行ったんでしょ？　私との時間が削られるとわかっていながら！」

「男三人水入らずの時間を作ったって良いじゃないか」

「嫌。私はずっと友則先輩と一緒にいたいの」

「重すぎるってそれは……」

「何よその言い草。……もしかしてあんた、友則先輩から何か相談受けてたりする？」

「いや別に何も！」

　八重樫と大柳が付き合い始めてから一カ月が経った。

　二人は仲睦まじい様子を学校の中でも学校の外でも見せつけている。時折大柳の愛が深すぎるのではないかと思う時があるにはあるが、八重樫はそんな彼女も好きだと言っていたので問題はないのだろう。

大柳が「本当のこと白状しなさいよ！」と言いながら大井戸につかみかかろうとするが、入り口の自動ドアが開いたので二人はレジ前に戻った。

どんな客だろうと思いながら店の入り口に目を向けると、そこには見知った人物の姿があった。

ひらひらとした服に身を包む小柄な女性——美鈴(みすず)だった。

「あ。公也(きみや)君、この時間にシフト入ってたんだ」

「はい。美鈴先輩こそどうしてここに？」

「この店の前で待ち合わせしてるんだけど、ちょっと早く着いちゃったからジュースでも買おうかなって」

そう言いながら美鈴はオレンジジュースをレジカウンターに置く。

優芽(ゆめ)と大井戸の背中を押してくれた美鈴は、以前よりもはきはきと喋(しゃべ)るようになった。以前よりも自分に自信がついたからかもしれない。バーコードを読み取りながら、「ちなみに田宮君の後に好きになった人とはどうなったんでしたっけ？」と聞いた。

「ふっふっふー。実はね、今日、デートなんだー」

「え、そうなんですか！」

「うん。デートの終わりに告白もしようと思ってるの。だから、何となく……公也君に会えたらなって思っていたの。本当に会えるとは思ってなかったけど」

「心の底から応援してます！」

「ありがとう。田宮君並みにモテる人だから正直脈なしだけどね。でも私はね、それでも絶対告白するよ」

「頑張ってください……！」

その言葉には強い意志が感じられた。

勇気を出せず告白に踏み切れなかった以前の美鈴が、嘘のような変わりようだった。

「私ね、今ならどこでだって告白できる。何なら下駄箱の前で告白することも厭わないよ！」

「それは何があっても絶対に止めた方が良いです」

大井戸と美鈴は笑いながらそんなやり取りをしていた。

代金を受け取り、ジュースのボトルにテープを貼って美鈴に渡す。

美鈴はバッグにジュースのボトルを入れて去って行った。

「あの先輩、無茶苦茶綺麗になったわね」

美鈴の背中を見送った後、大柳が感慨深げに言う。

それに対して大井戸は、こう言い返した。

「何言ってるの。前から無茶苦茶綺麗だよ」

「……あんたも相当変わったわよ」

「え、そう？　どのあたり？」

「そういう鬱陶しいところは変わらないわね。来世も含めて」

「せめて今世にとどめて！」

なおも憎まれ口をたたかれるが、大柳は大井戸に笑顔を見せていた。

メガネもマスクもない、ただただ綺麗な表情が大井戸に向けられている。

コンビニバイトを始めたころ、大柳とこうやって楽しく言い合える仲になれるとは思ってもみなかった。人間関係が悩みの種だったコンビニバイトにおいて、今、その問題は全くない。

色々頑張って本当に良かったと思いながら、コンビニの入り口の自動ドアが開く音がしたため、「いらっしゃいませー」と言って仕事に戻った。

次はどんな客が、どんな商品を買いに来たのだろうかと思い見てみると、男女数人のグループがまとまって清涼飲料コーナーへと向かっていく。これからみんなで遊びに行くのだろうか。楽しそうに何を買うか迷っている。そのうちの男女二人ずつがジュースを買った後——とある人物が大井戸の目の前にやってきた。

「元気そうで安心したわ」

そんな一言とともにスポーツドリンクをレジカウンターに置いたのは——優芽だった。

「優芽先輩じゃないですか！　お久しぶりです！」

「地区大会以来だから、一週間振りくらい？」

「そうですよ。美鈴先輩は部室にちょこちょこ顔を出してくれるのに、優芽先輩は全然顔見せてくれないじゃないですか」

「ごめんごめん。最近忙しくてさ」

「やっぱり受験勉強ですか？」

「いや、それもあるけど……どっちかっていうと……」

「宇佐美さん！　早く早くー！」

何かを言おうとした優芽に向けて、先ほどジュースを買った四人の中の一人が声をかけた。店内だからか、少し抑えた声で優芽に呼びかけている。

男女計四名に加えて、優芽がいる。

この状況を見て、鈍感な大井戸にもさすがに察しがついてしまった。

「恋のキューピッド活動ですか」

「受験勉強に集中したいからってね、早めに勝負決めちゃいたい人たちが多いのよ。それに色々あったおかげか、今では二組同時にくっつけることも可能になってしまったわ」

「………………」

色々には間違いなく自分の案件も含まれているため、大井戸は何も言えずにスポーツドリンクのバーコードを読み取る。

「何黙ってんのよ。愛想の悪い店員ね」

「この場面で僕に何を言えっていうんですか」

「シャレがわからない男ね。『カップル作ってないで彼氏作ってくださいよ』くらい言ってみなさいよ」

「言えるわけがないでしょう！」

例の告白以降、優芽は終始こんな態度だった。稽古の休憩中もこの調子で接してくれるため、大井戸も愛里も気兼ねすることなく部活動に専念することが出来た。

その結果――

「地区大会も無事優勝したことだし、優勝祝いにあんたの恋愛相談でも受けようか？」

「……全国大会優勝したら、のろけ話、聞いてください！」

「アハハ。良いわねえ。その時を楽しみにしてるわよ」

ジュースを受け取った後、優芽は笑顔で「バイト頑張りなさいね」と一言発した。

その表情があまりにも輝いて見えて――一瞬見惚れてしまって――大きく頷くことしかできなかった。

「『ありがとうございました、またのお越しをお待ちしております』くらい言いなさいよ」

「うおわっ、びっくりした！」

大柳がどすの利いた声で大井戸に耳打ちする。

「これはもう舞谷先輩に告げ口しなきゃね……」

「何を告げ口する気なの！　そんな事実は全くない！」

「逆にあんたは私が何を言うと思っているのよ」

「…………」

「ギルティね。罰としてバイト終わりにアイスをおごりなさい」

「それは、ごめん、明日のバイト終わりでも良い？」

「あ、そうね、今日はこの後お楽しみだもんね。私、早めに帰ってあげる」

大柳はにやにやしながら大井戸に向けて言う。

後輩女子から気を遣われて恥ずかしくなってしまった。恐らく顔が真っ赤になっているだろう。そんな大井戸を見て大柳はより一層ニヤニヤした。

「あ、ありがとう……」

「どういたしまして。……じゃあ、ちょっと早いけどあがるわね」

「お疲れ様でしたー」

大柳が先にバックヤードに戻っていく。

と、同時に、昼からのシフトの二人が店内に入ってきた。お昼時が近づき徐々に客が増えてきている中で、そそくさと引き上げるのは忍びないが、今日はどうしてもこの時間で店を後にする必要があった。

二人と入れ替わったときには十二時を若干過ぎていた。

「お疲れ様でしたー」

そう言いながら大井戸は店内のATMに向かった。

残高が増えている。初の給料だ。頑張った甲斐があったと思いながら、慎重にATMを操作する。

コンビニのATMから下ろしても手数料がかからないプランに入って良かった。

三万円程度を下ろし、財布に入れた。

今日のこの後の予定はこうだ。

ラーメンを食べる。

図書館で勉強をする。

小劇場に行って演劇を観る。

夕食を摂りながら映画の感想を言い合う。

彼女と話し合って決めたデートコースだ。

完璧としか言いようがない。

まあ、途中で何かハプニングがあっても、二人ならそれもまた楽しめるだろう。

コンビニから外に出ると——そこには愛里の姿があった。

ほんのりと朱いワンピースに身を包み、小さなリボンが特徴的なカンカン帽を被っている。

胸には三日月型のネックレスが輝いていた。

以前一緒に図書館に行った時とは明らかに違う服装を見て、つい嬉しくなってしまった。

「……図書館集合じゃなかったっけ?」

「待ちきれなくて、来ちゃった」

笑顔でそう言う愛里を見て、言葉では語り尽くせない愛おしさを感じる。

「ありがとう。嬉しい」

そう言いながら大井戸は愛里の左隣に立ち、彼女の右手を自分から握った。

「えへへ」

愛里は嬉しそうに、それを握り返した。

――『モテ期』に入り、大井戸は彼女という存在を手にすることが出来た。

『モテ期』はとっくに終わっている。

それでも勉強は続けて――コンビニバイトも続けて――部活動も続ける。

自分のため――そして彼女のために、頑張り続けようと決意した。

――さあ、前を向こう。

二人で紡ぐモテ期は、まだ始まったばかりだ。

あとがき

※このあとがきにネタバレ要素はございませんので、ご購入いただいた方も本屋さんで手に取っていただいている方も安心して読んでいただけます。
※本屋さんに今いる方は、先にご購入いただいて、家で読んでいただいた方がくつろぎながら読めるのでオススメです。

初めまして、常世田健人（とこよだけんと）と申します。このペンネーム、誰に伝えても「初見で読めないだろ」と言われ、悲しい限りです。ペンネームの読み方だけでも覚えていただけると嬉しいです。数ある書籍の中で、本作を手に取っていただき本当にありがとうございます。誰しも時間は有限で、その上で大量にある娯楽作品の中で本作を選んでいただけて感謝感激です。

今読んでいる方の中には「あとがきだけひとまず読んでみるか」という方もいらっしゃるかと思います。私もその読み方、よくやります。あとがきだけでもお時間を割いていただけることが嬉しいので、御礼になるかはわからないですが、『あとがきを書くのに何分かかったか』を末尾に添えさせていただきます。さあ、何分かかるのでしょうか。ちなみにあとがき、四ページです。多い。多すぎる。何書けば良いのかわかりませんが、つらつらと一発書きしたいと思います。ちなみに書き始めたのは、とある火曜日の午後十一時です。自主的な深夜残業故、残業代は出ません。ブラックですね。

本作は第九回集英社ライトノベル新人賞『審査員特別賞』受賞作品――『劇場版視覚型恋愛錯誤』を改稿した作品になります。受賞作品から最も変わったのはタイトルですね。受賞段階のタイトルも私は好きで、Twitterの作家垢の方々にも好きだとおっしゃっていただけることもあったのですが、如何せん左記三点の弱点がございました。

① 初見で絶対読めない。
② 初回の漢字変換が絶対出来ない。
③ どんな作品か絶対想像出来ない。

絶対〜ない尽くしですね。

一方で、現行のタイトルは①〜③の弱点が払拭されている素晴らしいものになっております。担当編集者様々です。略称は『冴えモテ』でいきたいと思いますので、本作をご一読いただき、感想をSNSで発信していただける方がいらっしゃいましたら、『#冴えモテ』も合わせて付けていただけると嬉しいです。……最初の二文字、他社様の名作ラブコメを想起させてしまって本当に恐れ多いのですが、ご了承いただけますと幸いです。他社様の話でいうと、あとがき文頭の『ネタバレ無い宣言』は名作ファンタジーのあとがきを真似しております。小説を出版することになってあとがきを書くとなったらやってみたかったことでして、こちらもご了承いただけますと幸いです。……こんなことを書いてしまって大丈夫なのでしょうか……いやもう本当、小説本編を楽しんでいただけることが至上ですので、あとがきが気に入らない方々は本編に今すぐ飛んでください。まあ本編はというと、サブタイトルがこれまた思い付きでやらかしてしまっている気がしますので非常に怖いのですが、もう勢いでやってしまっているので、こちらもご了承いただけますと以下略。

色々書き連ねましたが、とにもかくにも、本作が読者の皆様の手に渡っていることが何よりも嬉しいです。本当にありがとうございます。受賞から約二年間、沢山の方々に助けていただいたので、謝辞を左記にまとめさせていただきます。

第九回集英社ライトノベル新人賞に関わっていただいた方々、本作を掬い上げていただきありがとうございました。

担当編集様、約二年間、お力添えいただき本当にありがとうございました。というか転職されなくて助かりました。私は約二年の間に転職したのでそれだけが恐怖でした。もしよければこれからも何卒よろしくお願いします。

フライ様、美麗イラストの数々、本当にありがとうございました。一巻にしてはキャラクター数が多い中、男性キャラに至るまでキャラデザしていただき本当に嬉しかったです。いただいたイラスト、全て宝物です。

校閲担当様、勢いで書き連ねた本作の誤字脱字おかしな表現の門番になっていただき助かりました。初版でまだ残っていたらそれは私のやらかしです。

ます。

営業担当様、販売担当様、装丁担当様など、関わっていただいた方々、ありがとうございます。直接のやり取りはあまり出来ていないことが申し訳ないのですが、ひたすら感謝しております。

その他、家族、友人、前職・現職の同僚など、私の人生に関わっていただいた方々、ありがとうございます。皆様のうち一人でも欠けていたら本作は誕生しておりません。

そして——本作を手に取っていただいている方々に最大限の感謝を。

意外とあっという間に四ページです。

またどこかで皆様にお会いできることを心待ちにしております。（五十六分）

常世田健人

ダッシュエックス文庫

冴えない男子高校生にモテ期がやってきた
～今日はじめて、僕は恋に落ちました～

常世田健人

2022年6月29日　第1刷発行

★定価はカバーに表示してあります

発行者　瓶子吉久
発行所　株式会社　集英社
〒101−8050　東京都千代田区一ツ橋2−5−10
03(3230)6229(編集)
03(3230)6393(販売／書店専用)　03(3230)6080(読者係)
印刷所　凸版印刷株式会社

ISBN978-4-08-631419-0 C0193